SV

M. Kronthaler
4/92

Martin Walser
Das Sofa

Eine Farce, 1961

Suhrkamp

Dieses Stück wurde im Sommer 1961 geschrieben.
Es war, nach dem »Abstecher«, das zweite Stück.
M. W.

Das Sofa

Personen

ALBERT

PLACIDIA, seine Mutter

KLARA

FRÄULEIN HERTA, }
FRÄULEIN BERTA, } Schwestern
FRÄULEIN GERDA, }

RUDI, }
CARLCHEN, } Zwillingsbrüder

DER AMTSARZT

EIN EINFACHER MANN

EIN ÜBERFEINER HERR

Auf der Bühne ist alles zur ersten Szene bereit.

EIN EINFACHER MANN

Das Publikum wird ein Sofa sehen
und einen, der darauf liegt,
bloß, wird das Publikum auch verstehen,
warum der auf dem Sofa liegt?
Es ist ein neuer Brauch
und notwendig scheint es auch,
dem Publikum zu sagen,
daß das Sofa mehr als ein Sofa ist
und daß es, mit Historie beschlagen,
die Klasse, die es trägt, auch frißt.
Das heißt, der Held hat vom Helden
nur noch, daß er häufig spricht,
sonst gleicht er einem Angestellten,
der schon verurteilt ist vom Weltgericht,
weil er duldete, was nicht recht war,
wenn er auch selbst nicht schlecht war.
Aber schlecht ist, wer nicht merkt,
daß er auf dem Sofa den Feind stärkt.

Man weiß, ein Spiel hat seine Komplikation.
Darum diene ich mit meinem Vers
und hoffe, das Publikum weiß jetzt schon,
wie wir es meinen. Ja, das wär's.
Sehr eilig, so daß er nahtlos anschließen kann, tritt der überfeine Herr auf.

EIN ÜBERFEINER HERR

Meine Damen und Herrn, unwidersprochen darf
nicht bleiben, was nicht unwidersprochen
bleiben darf. Das Sofa ist ein Sofa!
Wie käme das Sofa dazu, etwas anderes zu sein?
Natürlich ist das Sofa ein Vogel, der träumt,
ein Sofa zu sein, aber das versteht sich doch
von selbst. Natürlich ist es die Wolke,
die sich aus Angst vor dem Wind verkrochen hat,
aber das bedarf keiner Erwähnung. Daß es ein
Dickhäuter mit einer Schwäche für Kammermusik ist,
wissen wir, wir kennen seine ehrwürdige Funktion,
unsere Gespräche mit umflorten Gedankenstrichen
zu zieren. Aber hüten wir uns
um Gottes und des Sofas willen,
etwas in das Sofa hineinzudenken.
Und auch der Held ist ein Held.
Was denn sonst? Er schützt die Welt,
vor sich selbst, bravo, bravo! Er verzichtet
auf Schicksal. Aber wo kriecht er hin?
Leitet ihn die Mutter, oder fürchtet er sich?
Sieht er mehr Eulen als Schwalben in der Luft?
Ganz sicher ist er zärtlich,
denn er hat keine Macht. Aber ist er ein Lump,
weil er keine will? Freunde, ... hört ... seht ...

Der einfache Mann ist während der letzten Sätze zurückgekommen. Der überfeine Herr wurde dadurch nervös. Während des letzten Satzes macht der einfache Mann eine drohende Handbewegung, das bringt den überfeinen Herrn aus dem Konzept. Er ruft die letzten drei Worte und rennt weg.

EIN EINFACHER MANN *verbeugt sich* Das Sofa.

I

Klara, Carlchen, Rudi und Fräulein Herta trinken Tee bei Placidia Conradi, Albert liegt auf dem Sofa.

CARLCHEN Gnädige Frau, bemerken Sie bitte, daß es uns schmeckt.

PLACIDIA Die Hausfrau tut, als bemerke sie nichts, aber sie bemerkt es, Carlchen, sie freut sich.

CARLCHEN Und Sie nehmen es uns nicht übel, daß es uns gar so schmeckt bei Ihnen. Ich meine, daß bei Rudi und mir so etwas wie Hunger im Spiel ist, beleidigt Sie das nicht? Es könnte ja sein, daß Sie lieber Gäste hätten, die schon satt sind und trotzdem Appetit bekommen bei Ihnen! Sehen Sie meinen Zwillingsbruder Rudi an, wie er ißt! Er sagt nicht einmal, daß es ihm schmeckt. Aber es schmeckt ihm. Und das verrät ihn. Er gibt zu, daß er Hunger hat. Doch, doch, gnädige Frau, ich kann mir vorstellen, ein Gast, der Hunger hat, das hat etwas Beleidigendes für eine Hausfrau, fast etwas Unanständiges.

PLACIDIA Es würde mich schmerzen, wenn es Ihnen nicht mehr schmeckte bei mir.

CARLCHEN Gnädige Frau, wir Waisenkinder sind dankbar. Wir wissen Tee und Kuchen zu schätzen. Rudi, bitte nimm dir Zeit und sag auch mal ein Wort.

PLACIDIA Warum wollen Sie ihn stören? Hauptsache, es schmeckt ihm.

CARLCHEN Nein, nein, da denk ich anders. Wem es schmeckt, der soll es auch sagen. Rudi, du kannst nicht immer bloß mich reden lassen. Was denkt man von uns. Der eine Zwilling kommt nicht mehr zum Essen und Trinken und der andere schlägt sich den Bauch voll und sagt nichts. Klara, könntest du einspringen? Eine medizinische Erklärung entschuldigt am meisten. Ist es möglich, daß ihm beim Kauen die Ohren zufallen und er hört uns gar nicht?

KLARA Sachte, Carlchen, sachte, sachte. Trink mal brav dein' Tee und Rudi trinkt sein' Tee und die gnädige Frau freut sich, daß es euch schmeckt.

CARLCHEN Aber die Konversation?

KLARA Is' sowieso nich' Rudis Fall, hab ich recht, Rudi?

RUDI Danke dir, Klara. Weißt du, ich verschluck mich so leicht, wenn ich beim Essen reden muß. *Er hustet.* Besonders bei Kuchen. *Hustet noch mehr.* Die Bröselchen. *Er hustet heftig.*

HERTA Armer Kerl.

CARLCHEN Schuld ist Ihr Sohn, gnädige Frau, das muß Ihnen klar sein. Mit seiner kunsthistorischen Beschlagenheit, was tut er, da, sehen Sie hin: er liegt auf dem Sofa und pennt. Und Rudi und ich warten auf die Firma, Rudi als Ingenieur, ich wäre der Architekt und Albert der Kunsthistoriker. Sie müssen zugeben, das schreit direkt nach einer GmbH.

PLACIDIA Carlchen, ob mein Albert sich für eine GmbH eignet?

CARLCHEN Nur für eine GmbH, gnädige Frau!

PLACIDIA Was könnte man mit so einer GmbH anfangen?

CARLCHEN Gnädige Frau! Mit einer GmbH können Sie alles anfangen.

PLACIDIA Als Mutter macht man sich Sorgen.

CARLCHEN Auch als Waise, gnädige Frau, insbesondere als Zwillingswaise.

PLACIDIA Trotzdem, Carlchen, eine Mutter ist eine Mutter!

CARLCHEN Gnädige Frau, eine Mutter und eine GmbH sind kein Widerspruch. Ich gebe ein Beispiel für eine GmbH: Renovierung. Restaurierung. Wiederaufbau. Abbruch. Verwertung. Taxierung. Beschaffung. Behördengutachten. Das geht bis zur Transaktion, bis zur Immobilie! Wenn Albert bloß endlich sein Sofa satt hätte. Rudi und ich warten seit Jahren.

PLACIDIA Ich darf doch nachgießen, Carlchen?

CARLCHEN Gerne, gnädige Frau, mir schmeckt's bei Ihnen, das muß ich zugeben.

PLACIDIA Seit mein Mann krank ist, habe ich überhaupt keinen Esser mehr. Am Ende zweifelt man noch an sich selbst.

HERTA Wenn ich dazu etwas sagen darf: ich staune schon die ganze Zeit! Dein Sohn weist deinen Tee und deinen Kuchen einfach zurück.

PLACIDIA Er ernährt sich vom Liegen.

HERTA Das bringt kein Glück, das ewige Liegen.

PLACIDIA Man sieht, Herta, du bist keine Mutter. Du spürst nicht, was einem Kind gut tut.

HERTA Das Kind wird im Herbst vierzig.

PLACIDIA Bin ich deshalb weniger seine Mutter? Das ist ja eine ganz neue Theorie. Wenn ein Sohn vierzig ist, ist er also kein Sohn mehr, das willst du doch sagen! Du willst mir einreden, wenn Albert vierzig ist, dann gehört er nicht mehr mir. Dann gehört er genausogut dir oder sonst einer hergelaufenen Person. So könntest du dir zu guter letzt noch einen Sohn ergattern.

HERTA Es geht nicht um mich, Placidia, es geht um Albert.

PLACIDIA Sehr richtig, es geht um Albert!

KLARA Und was für Albert gut ist, das weiß nur seine Mutter, Fräulein Herta. Begreifen Sie das doch endlich. Seine Mutter hat ihm ein Sofa ins Zimmer gestellt, auf dem nur Albert Platz hat. Denn seine Mutter weiß, daß es gut ist für Albert, wenn sich niemand zu ihm aufs Sofa legen kann. Nicht wahr, gnädige Frau!

PLACIDIA So ist es, meine liebe Klara.

KLARA Sehen Sie, Fräulein Herta, so ist es. Carlchen, ich glaube, ich geb's auf. Ich kann nicht mehr hinschauen. Ich kann nicht.

CARLCHEN Wenn er wenigstens einen Fuß bewegen würde.

KLARA Ich begreife nicht, warum wir noch warten.

CARLCHEN Trotzdem warten wir.

KLARA Wir machen uns lächerlich.

CARLCHEN Wenn er wenigstens die Augen aufmachte und mit seinen Fingern spielte.

HERTA Aufstehen müßte er. Tapetenwechsel.

CARLCHEN Luftveränderung, das wär's.

Herta springt auf, geht lebhaft auf und ab.

HERTA Sehen Sie, ich gehe täglich spazieren. Alle meine Schwestern gehen täglich spazieren. Albert geht nie spazieren. Nie!

RUDI Albert ist keine Schwester von Ihnen.

HERTA Glauben Sie mir, meine Schwestern und ich verhindern eine ganze Masse Scheußlichkeiten und manches hanebüchene Verbrechen nur dadurch, daß wir täglich spazierengehen. Wenn wir alle auf dem Sofa liegenblieben, ja, was meinen Sie, was da los wäre auf den Straßen, in den Parks. Wir haben Beweise. Vorgestern, Sie erinnern sich, am Spätnachmittag, der Himmel bezog sich, angesagt waren vereinzelte Schauer. Gegen Abend sogar zunehmende Schauertätigkeit. Berta war nicht darauf vorbereitet, obwohl wir den Wetterbericht täglich ausschneiden und im Gang aufhängen, aber nein, sie hatte ihre Pelerine zu Hause gelassen, also mußten wir früher heim, gerade als es zu dämmern begann, und was lese ich gestern, Sie haben es sicher auch gelesen: eine Vergewaltigung an der chinesischen Brücke im Park. Genau an der Stelle, an der wir eine halbe Stunde zuvor gewesen waren. Wir haben uns natürlich ernsthafte Vorwürfe gemacht. Wären wir doch geblieben, hätten wir einen Schnupfen riskiert! Sie begreifen, was ich damit sagen will.

CARLCHEN Sie hätten es vorgezogen, an Ort und Stelle zu sein!

HERTA Was man nicht verhindern kann, kann man wenigstens bezeugen. Mindestens einmal die Woche ist eine von uns als Zeugin vor Gericht. Die Richter, die uns kennen, wissen uns zu schätzen.

KLARA *bei Albert* Unser Mottenprinz schläft.

ALBERT Keine Beleidigung, Liebling! Ich denke. Ich denke darüber nach, ob mein Herr Vater bei Gravlitschuwo die zweite Kompanie nicht früher hätte zurücknehmen müssen. Carlchen, Rudi, Positionen! Sieben Uhr dreißig, zweiter Tag der Schlacht! Carlchen greift an!

CARLCHEN Carlchen greift nicht an.

ALBERT Ich sage: sieben Uhr dreißig, zweiter Tag der Schlacht bei Gravlitschuwo, Rudi führt die zweite Kompanie, Rudi, los, ab ins Birkenwäldchen. Ringsum Morgennebel. Das wußte mein Vater. Carlchen, los, das Umgehungsmanöver. Hier um den Stuhl herum. Jawohl. So ... so war es ... Rudi ... die zweite Kompanie ... auf den Stuhl ... schau herum ... was siehst du ... nichts ... nur Nebel ... so. Und jetzt frage ich: wie sollte die zweite Kompanie den Rückzug decken, wenn sie den Feind überhaupt nicht sah. Herr Oberst, Sie haben die Zweite ans Messer geliefert. *Er horcht.* Keine Antwort, alter Herr, was!

PLACIDIA Albert, ich bitte dich, er schläft. Er ist krank.

ALBERT Ich verlange, daß er mir sein Gefechtstagebuch zur Verfügung stellt.

PLACIDIA Das wird er, das wird er. Ich verspreche es dir.

ALBERT Das sagst du seit Wochen. Ich komme mit meiner Geschichte nicht weiter. Wie soll ich ihm beweisen, daß er die zweite Kompanie ans Messer geliefert hat, wenn er mir sein Tagebuch nicht zur Verfügung stellt!

PLACIDIA Aber Albert, mein lieber Albert, wenn deine Mutter dir verspricht ... *Pause*

ALBERT In Ordnung, Mutti. Aber lange warte ich nicht mehr. Er soll ja nicht glauben, daß er meine Darstellung der Schlacht bei Gravlitschuwo verhindern kann. Ich habe Material, mehr als er denkt. Und ich warte nicht, bis er seine Memoiren fertig hat. Ich will die Originale sehen. Seine Memoiren, das kannst du ihm gleich sagen, die werde ich gar nicht erst lesen. Verstanden?

PLACIDIA Jawohl, Albert.

CARLCHEN Und was ist mit uns?

ALBERT Ende. Wir machen morgen weiter. Wir werden den Abend des dritten Tages untersuchen. Den Aushaltebefehl für die zweite Kompanie, obwohl der Oberst keine Möglichkeit hatte, die Zweite im Birkenwäldchen zu entsetzen.

CARLCHEN Wir hätten auch noch Fragen?

ALBERT Zu Gravlitschuwo?

CARLCHEN Nein ... wegen der GmbH.

Albert schweigt.

CARLCHEN Albert? Hörst du? Hörst du mich?

ALBERT Nein.

CARLCHEN Da sehen Sie's, gnädige Frau, so schnell sinkt er zurück.

HERTA In die Lethargie.

CARLCHEN Das ist es. Die pure Lethargie.

HERTA *zu Carlchen* Sein Vater, der hätte Einfluß. Wie ich den Herrn Oberst kenne, der würde ihn wecken.

ALBERT Was flüstern Sie da, Fräulein Herta?

HERTA Ich sage, ich meine, falls Ihnen das Liegen auf die Dauer schaden würde, dann wäre Ihr Herr Vater wohl kaum damit einverstanden.

ALBERT Mein Vater liegt doch selbst, sogar im Bett, seit Wochen.

HERTA Er ist krank.

ALBERT Wer sagt Ihnen, daß ich gesund bin?

HERTA Ihre Mutter behauptet, Sie fühlten sich wohl.

ALBERT Aha, und ein Kranker darf sich nicht wohlfühlen! Da haben wir's. Dazu, daß er krank ist, soll er auch noch elend sein. Schöne Humanität, das.

HERTA Ich sage Ihnen jetzt einfach die Meinung! Es ist höchste Zeit, daß Sie diese Wohnung verlassen.

ALBERT Und zu Ihnen ziehe.

KLARA Nein, zu mir!

CARLCHEN Nein, wir machen die Firma auf.

ALBERT Bitte, was soll ich jetzt tun? Ich soll aufstehen und gleich jemanden vor den Kopf stoßen. Ziehe ich zu Ihnen, Fräulein Herta, dann beleidige ich Klara. Ziehe ich zu Klara, sind Sie böse. Solange ihr euch nicht einigt, bleib ich lieber liegen.

PLACIDIA Das ist sehr weise.

ALBERT Noch liege ich, und schon gibt es Probleme, wie muß das erst nachher werden. Mir wird schwindlig, wenn ich daran denke.

PLACIDIA Rudi, ich darf doch nachgießen.

RUDI Sehr freundlich, gnädige Frau, Ihr Tee schmeckt.

PLACIDIA Das freut mich.

RUDI Ihr Kuchen natürlich auch.

CARLCHEN Sollen wir ein Ultimatum stellen?

ALBERT Was ist eigentlich los heute? Ihr seid alle so nervös. Die Geschichte lehrt, daß nur Verschwörer so nervös sind. Mutti, hast du Verschwörer eingelassen?

PLACIDIA Sie sagen, sie meinen es gut.

ALBERT Das sagen alle Verschwörer.

PLACIDIA Sie wollen dich an die frische Luft zerren.

ALBERT Mutti, Fräulein Herta, dürfte ich mit meinen Feinden einen Augenblick allein sein. Der Tee ist getrunken. Es wird ernst.

PLACIDIA Komm, Herta. Die jungen Leute wollen unter sich sein.

HERTA Ich wäre sowieso gerade gegangen.

Placidia und Herta gehen.

HERTA Man erreicht ja doch nichts.

CARLCHEN Rudi, wir machen unsere Firma ohne ihn.

ALBERT Aber Carlchen, renn doch nicht in dein Unglück. Setz dich. Sobald ich mein Buch fertig habe, reden wir über die Firma.

CARLCHEN Das sagst du.

ALBERT Soll ich es schwören?

CARLCHEN Es zieht sich hin, allmählich. Komm, Rudi!

ALBERT Rudi, du bleibst.

RUDI Wenn Carlchen geht, kann Rudi nicht bleiben.

ALBERT Carlchen, willst du mich wirklich hier liegen lassen? Allein! Carlchen, du weißt, wie Klara mit mir umgeht, wenn ihr mich nicht schützt. Sie liebt mich doch, Carlchen. Hast du jemand, der dich liebt? Ich glaube nicht, sonst würdest du mich nicht allein lassen.

KLARA Ja, Carlchen, bleib, es könnte sein, ich bring ihn endlich um.

CARLCHEN Sag' wenigstens, daß wir was anfangen.

ALBERT Sicher fangen wir was an.

CARLCHEN Entweder machen wir die Firma oder ich geh!

Albert setzt sich auf die Rückenlehne des Sofas.

ALBERT Bitte, setzt euch alle noch einmal. Noch ein allerletztes Mal. Bitte! Du hast zu wenig Phantasie, Carlchen. Das kommt, weil du immer unterwegs bist. Mach einmal die Augen zu. Du auch, Rudi. Und Klara. Bitte. Sonst begreift ihr mich nicht.

Klara öffnet die Augen wieder und schaut zu.

ALBERT Stellen wir uns also die Stadt vor. Was seht ihr? Schilder, Schaufenster, Schilder. Häuser und Häuser voller GmbHs.

GmbHs für alles, gegen alles. Kalbende GmbHs, fressende GmbHs. Willst du deiner Tante den Appetit verderben, bieten zwanzig GmbHs ihre Dienste an, dir elektrisch, juristisch, chemisch, evangelisch oder psychoanalytisch zu helfen. Willst du dir einen Strohhut kaufen, hast du die Wahl zwischen Strohhüten auf Rentenbasis und Strohhüten mit Wasserspülung oder Panoramascheibe, und Strohhüten, in die elfhundertelf verschiedene Paradiese hineingeflochten sind. Wirst du darüber wahnsinnig und läßt dir, weil du vor Selbstmord Angst hast, wenigstens einen Zahn ziehen, kannst du vorher eine Versicherung abschließen, daß dir in der Lücke keine Brennesseln wachsen. Geht dir unter der lokalen Betäubung das Gefühl für deine Frau verloren und kehrt auch nachher nicht mehr zurück, kannst du mit Hilfe eines Versandhauses auf gynäkologischer Basis ein neues Gefühl in samtenen Raten beziehen. Gestern brachte mir Mutti neue Socken. Ich war erschüttert, Carlchen, wie gut die Wirker über meine linke Ferse Bescheid wissen. Sollte ich mich eines Nachts entschließen, auf meiner rechten Wade Muskeln zu züchten, siebzehn Firmen bewerben sich heute schon seufzend um meine Gunst. Seht ihr noch ein Haus, das nicht bis unters Dach voll ist mit erlesenen GmbHs? Carlchen, siehst du, wie das wuselt und funktioniert? Welche Sorge wendet man auf, in deinem Zahnbelag fünfsterniges Edelweiß zu züchten! Wie bemüht ist man, in jeden Traum ein schallgedämpftes Käuzchen einzubauen zur Erzeugung milderer Albträume. Wo einer hinspuckt, wächst eine Firma zur Gründung von Firmen, die wieder Firmen gründen. Was da produziert wird, Carlchen, kann in hunderttausend Jahren nicht verdaut werden. Wo sollen die neunmal getragenen Schuhe bleiben, Leder ist zäh, Carlchen, bald werden wir uns vor lauter Schuhen nicht mehr fortbewegen können. Eine große Verstopfung steht bevor, wenn wir nicht den

Anfang machen, uns hinlegen und verbrauchen, einfach verbrauchen, geduldig vernichten, was auf uns herabschneit, und Dienste in unabsehbarer Zahl in Anspruch nehmen! Jedes Haar müssen wir uns in eine andere Richtung biegen lassen, Carlchen. Es müssen zwei, drei den Anfang machen, die müssen verzichten, die dürfen nichts anbieten, Carlchen. Was anderes bleibt uns gar nicht übrig. Ihr seht doch, wie alles funktioniert. Eine Firma schluckt die andere, verdaut sie, wächst, spuckt ein paar Knöchelchen aus, wächst weiter, seht ihr denn nicht, daß unsere GmbH bloß stören würde? Der Prozeß ist empfindlich. Irgendeine glänzende GmbH macht das Maul auf, schluckt uns, nimmt, was sie brauchen kann, den Rest spuckt sie aus. Der Rest, Carlchen, das sind wir. Du, Rudi und ich. Auf dem Kinderspielplatz fänden wir uns wieder. Du kennst die Ecke mit dem Sandhaufen, wo die bankrotten Geschäftsleute spielen, wo sie, bis zum nächsten Gewitter, ihre weichen Burgen bauen und mit schlechten Zigarren hustend Rache schwören, während schon die ersten Tropfen schwer auf ihre Sandburgen fallen. Carlchen, wollen wir es wirklich soweit kommen lassen? *Keine Reaktion.* Carlchen! Rudi!

Alle öffnen die Augen.

CARLCHEN Wir müssen uns durchsetzen.

ALBERT Jetzt tu' doch nicht so brutal.

CARLCHEN Wir müssen brutal sein.

ALBERT Aber wir sind es nicht.

CARLCHEN Dann gebe ich die Hoffnung auf.

ALBERT Na endlich.

KLARA Jetzt hat er dich wieder herumgekriegt.

CARLCHEN Ich wäre gegangen, du bist schuld. Du hast dich nicht an die Abmachungen gehalten.

KLARA Ich liebe ihn.

ALBERT Das tut sie, Carlchen, obwohl ich ihr das verboten habe. Sie hat mir zuliebe sogar ihrem Chef einen Korb gegeben.

KLARA Das ist wahr.

ALBERT Sie hat ihre reichsten Freunde ... wie nennst du das, Klara?

KLARA Verstoßen.

ALBERT Ganz richtig. Verstoßen hat sie die mächtigsten Männer. Mir zuliebe, Carlchen. Und hätte eine prächtige Karriere machen können als Geliebte, mit fünf Eigentumswohnungen! Vielleicht hättest du sogar heiraten können.

KLARA Die Männer, die in Frage kommen, sind immer schon verheiratet. Oder sie sind wie du.

ALBERT Trotzdem, du hättest deine Freunde nicht verstoßen sollen.

KLARA Wenn ich wenigstens wüßte, warum ich dir nachlaufe.

ALBERT Du liebst mich, das ist das Schlimme.

KLARA Aber warum bloß? Du liegst herum, wirst fett, rasierst dich selten, arbeitest nichts, redest, hältst uns hin, gehst nie mit mir aus, nicht eimal Autofahren kannst du, wahrscheinlich heiratest du mich nie, bitte Albert, sag mir, warum ich dir nachlaufe.

ALBERT Liebst du deinen Chef?

KLARA Nein.

ALBERT Und warum nicht? Weil er den ganzen Tag von Mikroskop zu Mikroskop läuft, ein Gläschen ins andere schüttet, jeden zweiten Tag ein neues Präparat erfindet, nicht fett wird, sich täglich rasiert, jeden Abend mit dir ausgehen will, Autofahren kann und dir verspricht, er werde dich heiraten.

KLARA Er ist verheiratet.

ALBERT Er sagt, er werde sich scheiden lassen. Aber das glaubst du ihm nicht. Und warum? Er ist nicht vertrauenswürdig.

KLARA Aber du!

ALBERT Du vertraust mir.

KLARA Leider.

ALBERT Ja, leider. Denn ich bin genausowenig vertrauenswürdig wie dein Chef. Trotzdem kommst du zu mir, kommen Carlchen und Rudi ... ich kann nichts dafür.

CARLCHEN Sag jetzt endlich, ob du bereit bist für die GmbH! Ja oder nein!

ALBERT Carlchen, du bist so nervös heute.

CARLCHEN Ich liege nicht den ganzen Tag herum wie du.

ALBERT Aber du sitzt gern. Das ist ein Anfang.

CARLCHEN Rudi, sag etwas. Du willst doch auch eine Firma.

RUDI Ja, schon ...

ALBERT Aber du siehst auch die Schwierigkeiten.

RUDI Natürlich.

ALBERT Wer auch nur eine Spur Phantasie hat, muß Schwierigkeiten sehen. Ihr glaubt vielleicht, ich liege hier herum und faulenze. So ist es nicht. Ich lese die Zeitungen, ich weiß, wie es aussieht draußen, das könnt ihr mir glauben. Noch funktioniert alles. Es scheint wenigstens so. Aber die Verhältnisse sind labil. Ein Anstoß genügt und die Tribünen fallen ein. Im Augenblick können wir nichts Besseres tun als stillzuhalten. Es kann nicht mehr lange dauern, dann wird sich alles entscheiden.

CARLCHEN Das sagst du immer.

KLARA Aber er ist süß, wenn er den Propheten spielt. Schon mit sechzehn wollte ich immer Männer, die schräg in die Höhe schauen beim Reden. Man sieht dann den Adamsapfel so schön.

CARLCHEN Komm Rudi, mir reicht's.

RUDI Ja, Carlchen. Sei ganz ruhig. Wir gehen schon.

CARLCHEN Es wird nichts mit ihm. Er ist eben kein Zwilling. Kein Gefühl für andere.

RUDI Er ist ja nicht mal 'n Waisenkind.

CARLCHEN Eben. *Sie verschwinden.*

ALBERT Sie haben kein Vertrauen zu mir.

KLARA Die sind nicht so dumm wie ich.

ALBERT Es scheint so. *Pause.* Sie verlassen mich. Das macht mich traurig.

Klara setzt sich so gut es geht auf den Rand des Sofas.

KLARA Angeber!

ALBERT Ich muß aufstehen. Vielleicht habt ihr recht.

KLARA Bitte, Albi, jetzt bleibst du gefälligst liegen.

ALBERT Nein, Klara, nein! Es muß sein. Ich muß aufstehen. Man verlangt es von mir. *Er steht auf.*

KLARA Albert!

ALBERT Klara, siehst du ... der erste Schritt ist getan! ...

KLARA Albert, ich ... *Sie bricht ab.*

ALBERT Ich habe das Gefühl, ich tanze, ich fliege.

KLARA Ich pfeife darauf. *Sie steht vom Sofa auf und geht.*

ALBERT Klara, du wirst sehen, aus mir wird noch ein leidenschaftlicher Spaziergänger. Wie findest du mich jetzt? Klara? Klara! Da steht man extra auf, und sie läuft weg. Bitte, wie ihr wollt. Dann kann ich mich ja wieder hinlegen. *Er legt sich aufs Sofa.* Ach ...! Tatsächlich, man muß auf gewesen sein, um zu spüren, wie angenehm es ist zu liegen.

II

Albert geht um Herta herum, die Koffer packt. Placidia sitzt und stiert.

ALBERT Wie geschickt sie ist. Mutti!

PLACIDIA Es ist ihr peinlich, daß wir zuschauen.

ALBERT Ja ...

PLACIDIA Wie sie sich plagt für uns.

ALBERT Es läßt sich nicht übersehen.

PLACIDIA Sie tut es gern. Herta, gib zu, du fürchtest, ich rege mich zu sehr auf, wenn ich dir helfe, seine Koffer zu packen. Du fürchtest, ich fang zu schreien an, reiße den Schlafanzug raus und sage: Nein, wir müssen noch einmal alles überlegen.

HERTA Entschuldige Placidia, ich ... ich kann die Taschentücher nicht finden! Ich muß mich konzentrieren. Die Taschentücher, die lagen gerade noch, die müßten doch ...

PLACIDIA Siehst du, wie schlau sie ist. Sie hört nichts mehr. Abgemacht ist abgemacht. Sie hat mir meinen Sohn weggeschnappt, was soll sie sich noch aufhalten mit Reden. Ach, Albert, du merkst nicht, was hier geschieht.

HERTA Wir sind doch alle der Meinung, daß es für Albert das Beste ist.

PLACIDIA Ich nicht. Ich wurde überredet. Hereingelegt.

ALBERT Mutti, bitte.

PLACIDIA Da ... schau nur, wie sie deine Unterhemden streichelt, schamlos ist das. Sie kann sich nicht einmal beherrschen, bis sie alles drunten in ihrer Wohnung hat. Dich und deine Hemden. Das schmerzt mich viel zu sehr.

HERTA Mit einer Alleinstehenden springt man um wie man will.

ALBERT Das finde ich auch, Mutti. Trotzdem billige ich es nicht, Fräulein Herta, daß Sie meine Unterhemden so ... so feierlich in den Koffer legen. Bitte, behandeln Sie nachher die Unterhosen etwas sachlicher.

PLACIDIA Liebster Albert, ich sage nichts mehr. Hier bleibe ich sitzen und rühre mich nicht mehr. Sie holt deinen letzten Waschlappen aus dem Schrank, wahrscheinlich auch den Wintermantel! Das geht doch längst gegen jede Abmachung. Schließlich wohnst du nach wie vor im Haus. Du kannst heraufkommen, sobald es kühler wird, kannst deinen Wintermantel holen. Was die da macht, ist doch reine Schikane. Das schmerzt mich, Albert. Das schmerzt mich viel zu sehr.

ALBERT Natürlich wohne ich noch im gleichen Haus, achtzehn Stufen sind es, Mutti, ich habe sie gezählt. Aber wir müssen uns alle daran gewöhnen, daß ich nicht mehr hier bin. Früher oder später werde ich auch Fräulein Hertas Wohnung verlassen und vielleicht sogar Deutschland. Ich sehe nicht ein, warum ich nicht eines Tages auch Deutschland hinter mir liegen lassen sollte. Ich bin neununddreißig, und manchmal denke ich recht lebhaft an Teheran.

PLACIDIA Du bist plötzlich radikal geworden, Albert.

ALBERT Bitte, Mutti, noch bin ich hier. Ich sage nur: früher oder später. Noch werden wir uns täglich sehen.

HERTA Das halte ich für falsch, aber bitte, auf mich muß niemand hören.

PLACIDIA Wenn wir nicht auf dich gehört hätten, wären die Koffer noch auf dem Dachboden, wo sie hingehören.

ALBERT Übertreibungen, nichts als Übertreibungen. Es geht einfach zu weit, wenn du sagst, Koffer gehörten schlechterdings nur auf den Dachboden.

PLACIDIA Dein Vater war sein halbes Leben unterwegs, und sogar er sagte immer: ach, könnte man die Koffer bloß droben lassen.

ALBERT Könnte! Mutti, das ist ein Unterschied.

PLACIDIA Seit dich dieses Fräulein aufgehetzt hat, findest du an allem was auszusetzen.

HERTA An deinen Mann denkst du überhaupt nicht.

PLACIDIA Wenn du an ihn dächtest, würdest du leiser sprechen. Er schläft nämlich.

HERTA Mir hat er, als du ihn noch nicht in sein Zimmer sperrtest …

PLACIDIA Bei seinem Zustand muß er in seinem Zimmer bleiben.

HERTA Hat er mir gesagt, er mache sich Sorgen, weil Albert immer noch hier herumsitzt.

ALBERT Mutti, widersprich nicht. Das sieht ihm gleich. Das kann er gesagt haben. Herumsitzen, das ist sein Jargon. Oberst werde ich jeden Tag, wenn ich will. Aber ich will nicht.

HERTA Dabei gleichen Sie Ihrem Vater aufs Haar, besonders wenn Sie sich aufregen. Also wie Ihnen das steht, Albert.

PLACIDIA Du hast nicht die Natur deines Vaters, Albert. Du darfst dich nicht aufregen.

ALBERT Weil es sich nicht lohnt. Ich werde lieber meine Bücher hinunterschaffen.

PLACIDIA Du nimmst die Bücher mit?

HERTA Die braucht er doch.

ALBERT Mutti, ich stehe kurz vor der Niederschrift. Die Schlacht von Gravlitschuwo. Dargestellt aus den erbeuteten Papieren des Obersten Conradi. Jawohl. Ich habe mehr Beweise als mein Vater glaubt, das kannst du ihm ruhig sagen. Soll er mir sein Tagebuch vorenthalten, bitte! Das beweist nur: er hat ein schlechtes Gewissen. Er will mich festlegen auf das, was er in seinen Memoiren verzapft. Ich denke nicht daran, mich auf seine Memoiren zu verlassen. Ich denke nicht daran. Sag ihm das. Was in Gravlitschuwo passierte, wird die Welt und die Nachwelt von mir erfahren! Von mir. Sag ihm das.

PLACIDIA Ja, Albert. Bloß nicht so laut. Bitte.

ALBERT Weiß er eigentlich schon, daß ich ausziehe?

PLACIDIA Noch nicht.

HERTA Unverantwortlich.

PLACIDIA Er erregt sich so leicht.

HERTA Es würde ihm guttun. Ich kenne ihn doch auch ein bißchen. Er wäre stolz auf Sie, Albert. Jetzt packt er es, würde er sagen. Jetzt zeigt sich, was in ihm steckt. Sie müssen es ihm sagen!

PLACIDIA Wir haben uns in was hineingeredet, das Fräulein hat uns behext. Wir haben friedlich zusammengelebt, du hattest deine Muße, konntest denken ... und jetzt soll plötzlich alles aus sein.

ALBERT Ja ... denken konnte ich hier ... das ist wahr. Es war schön. Wenn die Sonne schräg durchs Fenster fiel, dann floß die Ruhe selbst herab an den Sonnenstrahlen.

PLACIDIA Ich habe dich nie gestört.

ALBERT Nein, das muß ich sagen, Mutti, ich konnte mich konzentrieren.

PLACIDIA Herta bekommt eben doch ziemlich Besuch.

HERTA Verleumdung.

PLACIDIA Klagst du nicht selbst immer: am Montag Fräulein Brettschneider!

HERTA Sie bringt lediglich die Illustrierten und ...

PLACIDIA Am Dienstag Fräulein Zink!

HERTA Kommt bloß ums Horoskop ...

PLACIDIA Am Mittwoch Frau Heigendahl!

HERTA Die ist sehr leise ...

PLACIDIA Am Freitag wieder Fräulein Zink!

HERTA Ja, wegen des Horoskops, ob es gestimmt hat.

PLACIDIA Und dann deine neun oder zwölf Schwestern, von denen fast immer acht da sind.

HERTA Erstens sind es nur acht und mindestens vier davon gehen fast ununterbrochen spazieren.

PLACIDIA Und am Sonntag kommt Frau Bertelmann und bleibt...

HERTA Zu einem Täßchen Kaffee. Ach, wie du übertreibst, Placidia! Wie du dich lustig machst über eine einsam lebende Dame. Das wird Albert nicht wollen, daß ich niemanden mehr seh'.

ALBERT Aber so gegenwärtig war mir das nicht, soviel Publikumsverkehr! Zumindest hätten Sie mir das nicht verheimlichen dürfen.

HERTA Sie wären doch ganz für sich in Ihrem Zimmer. Und meine Besucher sind alles gesetzte Persönlichkeiten...

PLACIDIA Fräulein Zink zum Beispiel, Soubrette a. D.!

HERTA ... so gesetzte Persönlichkeiten, sage ich, daß sie kaum noch atmen.

PLACIDIA Besonders die fünfzehn Schwestern.

HERTA Jetzt sind es schon fünfzehn. Sehen Sie, Albert, so beleidigt man mir noch meine seligen Eltern. Was meine acht Schwestern sind, die brauchen wirklich nur Sauerstoff und Bewegung, und dann wird geistige Tätigkeit in unserer Familie seit eh und je als das Höchste verehrt. Ich sage Ihnen, die huschen bloß noch, sobald in ihrer Nähe jemand zu denken beginnt.

PLACIDIA Mein armer Albert.

ALBERT Nein, Mutti, so ist es nun auch wieder nicht. Wir haben immerhin einen Entschluß gefaßt.

Es läutet, Türen gehen, es klopft da und dort, Carlchen tritt auf.

CARLCHEN Ach... Koffer, eins, zwei, drei, vier Koffer... Du hast Besuch, Albert.

ALBERT Es sind meine Koffer, Carlchen.

CARLCHEN Deine Koffer? Vier Koffer, bravo, gratuliere, Albert, das ist schön! Wenigstens bei dir geht es vorwärts. Schade, wenn du gerade Zeit gehabt hättest...

ALBERT Ich habe immer Zeit.

CARLCHEN Du hast doch Besuch.

ALBERT Es sind meine Koffer, Carlchen.

CARLCHEN Ach richtig. Wer hätte das gedacht, daß du Koffer hast, vier Koffer. Wenn das Rudi und Klara sehen könnten, aber du bist nicht frei im Augenblick...

ALBERT Ich bin immer frei.

CARLCHEN Ja? Entschuldigen Sie, gnädige Frau, guten Tag! Guten Tag. Klara! Rudi! Albert hat's geschafft. Albert packt. Da schaut mal.

Klara und Rudi kommen.

KLARA Ach. Eins, zwei, drei, vier. Albert! *Sie umarmt ihn.* Albert! Vier Koffer. Vier richtige Koffer!

RUDI *sachlich, schüchtern* Und noch die Aktentasche.

ALBERT Mutti, Fräulein Herta, ich rufe dann.

HERTA *Frau Conradi mit sich ziehend.* Jetzt komm doch endlich. Es ist geradezu unanständig, wie du alles aufschnappst. Ich bitte dich.

PLACIDIA Ach, Herta. *Sie schluchzt und läßt sich von Herta abführen.*

Albert legt sich wieder aufs Sofa.

KLARA Albert, nicht! Bitte, nicht... ach Albert... Du wirst rückfällig.

ALBERT Jetzt gönn mir doch eine Sekunde Ruhe. Du glaubst nicht, wie anstrengend es ist, diese Packerei zu kontrollieren. Schließlich muß ich an alles denken.

KLARA Aber du stehst wieder auf.

ALBERT Wann?

KLARA Nachher, wenn du dich ein bißchen ausgeruht hast.

ALBERT Nachher? Natürlich, Klara. Nachher stehe ich wieder auf. Ich wüßte nicht, warum ich noch hier herumliegen sollte. Mein Buch ist fertig...

CARLCHEN Fertig! Albert! Bravo!

KLARA Fertig! Albert! Bravo!

ALBERT ... ich brauch es bloß noch niederzuschreiben, reine Schreibarbeit, versteht ihr, hinsetzen und runtertippen, das kann ich überall, versteht ihr. Aber für die Konzeption mußte ich hier hausen, das habt ihr nie begriffen. Doch, doch, ich weiß es ganz genau, ihr habt euch gewundert, habt euch lustig gemacht, dann habt ihr euch daran gewöhnt. Unter Murren. Jawohl unter Murren. Ich habe das durchaus bemerkt. Als Carlchen mich ganz aufgab, hat er dich aufgetrieben, Klara, war nett von dir, Carlchen. Aber das hat sich jetzt. Ich hab's satt, hier herumzulungern, während draußen die Landschaft kalt wird. Bloß, macht keinen solchen Radau mit mir. Alles wegen dieser dummen Koffer. Schließlich bin ich immer noch wichtiger als meine Koffer.

CARLCHEN Was ist jetzt mit der GmbH? Bist du bereit?

ALBERT Carlchen, quäl mich nicht gleich wieder. Sag mir lieber, kommst du voran mit der Villa auf dem Eberberg.

CARLCHEN Albert, der Plan ist nun wirklich fertig. Das war'n Stück Arbeit. Rudi, was. Jeder Raum nach Maß. Also wenn der Herr gegessen hat, wirft ihn der Stuhl automatisch aufs Sofa. Wenn er gähnt, geht die Klimaanlage an. Und die Terrasse läuft nach der Uhr ums ganze Haus herum, genau mit der Sonne.

KLARA Und nachts?

CARLCHEN Läuft se von Nordwest über Nord nach Südost, daß se um acht wieder vor der Schlafzimmertür ist, um zwölf muß se vor der Eßzimmertür sein. Mein lieber Freund, das sind Konstruktionsprobleme!

KLARA Das wär'n Haus für mich.

CARLCHEN Du kannst es haben. Der verehrte Bauherr ist zwei Tage vor Baubeginn im Herrn entschlafen

KLARA Ach.

ALBERT Ach.

CARLCHEN Das Haus ist praktisch wertlos. Verstehst du, das war so auf den zugeschnitten, ein anderer bricht sich nach einer Stunde darin den Hals oder wird von so 'ner Automatik in 'n Mülleimer gekippt. Zwei Jahre Arbeit.

ALBERT Na ja, du hörst eben nicht auf mich. Ich riet dir ab. Eberberg! Sagte ich dir damals nicht sofort, daß ein Mensch, der dort baut, absonderliche Wünsche haben muß. Zwei Jahre... und jetzt dieses Ergebnis: ein toter Bauherr, ein abnormes Haus, dabei ist das Leben so kurz, Carlchen!

CARLCHEN Ich hab wenigstens die Mäuse auf 'm Konto! Rudi, dieser Erzengel, hat nicht mal das.

ALBERT Wieso, Rudi, was ist mit dem Staubsauger?

RUDI Nichts.

CARLCHEN Abgelehnt. Die Firma sagt, er sei zu leise.

ALBERT Aber das sollte doch gerade...

CARLCHEN Ja, wenn nicht inzwischen die Psychologen festgestellt hätten, daß die Hausfrau den Sauger gar nicht so leise will.

ALBERT Aber Rudi, du kannst ihn doch wieder 'n bißchen lauter machen.

RUDI Können schon.

CARLCHEN Dann is aber nichts Neues dran. Das war ja der ganze Dreh, der vollkommen geräuschlose Sauger. Aber nein, die Hausfrau sieht schon mal den Staub kaum, heißt es jetzt, und wenn sie dann nicht wenigstens was hört, dann hat se das Gefühl, der Sauger tut überhaupt nischt, also kann Rudi seine ganze Lärmschluck-Konstruktion in' Eimer werfen.

Klara hat begonnen, Zeug in die Koffer zu legen.

ALBERT Nicht, Klara, bitte, du bringst alles durcheinander, das muß ich selber einpacken. Ich muß schon sagen, Rudi, du hättest dich wirklich bei mir erkundigen können. Ein bißchen Kenntnis der weiblichen Psyche, ein wenig Nachdenken über die Gesetze des Marktes für elektrische Geräte, und dieser Reinfall hätte vermieden werden können. *Er springt auf.* Du hattest einen Auftrag?

RUDI Natürlich.

ALBERT Was Schriftliches? Einen Vertrag?

RUDI Das nicht.

ALBERT Rudi, Rudi, Rudi! Na paß mal auf, ich werde dich schon aus dem Schlamassel ziehen. Kinder, räumt die Koffer weg, wir werden sofort ein Schriftstück aufsetzen.

KLARA Aber Schatz, zuerst ziehen wir doch um.

ALBERT Mein Auszug hat Zeit, Klara. Rudi ist in Not.

RUDI Aber nein, Albert, ich hab noch mehr Eisen im Feuer.

CARLCHEN Er hat mir doch die wandernde Terrasse konstruiert. Die lassen wir uns patentieren.

ALBERT Da sehe ich Schwierigkeiten.

RUDI Wieso?

ALBERT Kosten! Geräusch! Notwendigkeit? Vor allem aber Sicherheit! Denk an spielende Kinder! Wer ein Haus hat, hat auch Kinder. Kinder können zerquetscht werden.

CARLCHEN Muß nicht sein.

ALBERT Carlo, ich sage dir, daß ich da Schwierigkeiten sehe!

CARLCHEN Ja, wenn du meinst.

RUDI Ach Gott, weißt du, ich hab auch noch den Blumengießer.

CARLCHEN Richtig. Zwei Bauherren habe ich schon davon überzeugt. Eine ausgezeichnete Sache, Albert.

ALBERT Durchdacht?

CARLCHEN Bis ins letzte. Wer ein Haus hat, verreist gern, das Haus steht leer, aber die Blumen! Der Blumengießer sorgt für automatische Begießung. Arbeitet ein halbes Jahr ohne Aufsicht, ein Hydrostat ruft ihn an den Topf, der 's nötig hat.

RUDI Wie findst du das?

KLARA Da sieht er Schwierigkeiten, wetten!

ALBERT Ja, doch, da sehe ich Schwierigkeiten.

KLARA Na bitte!

RUDI Was für Schwierigkeiten, bitte?

ALBERT Jede technische Anlage kann versagen, habe ich recht?

RUDI Natürlich.

ALBERT Ich nehme an, dein Gießer arbeitet elektrisch?

RUDI Und wie!

ALBERT Siehst du, nun läßt die Spannung nach, oder ein Widerstand brennt durch, du weißt selbst, was in einer elektrischen Anlage alles passieren kann, der Gießer kommt sozusagen aus dem Takt, das Schaltschema funktioniert nicht mehr, er gießt an der falschen Stelle... Du hattest ihn doch auf eine Schiene montiert, habe ich recht?

RUDI Ungefähr

ALBERT Also bitte... er fährt zu weit, wegen des erwähnten Fehlers, oder zu wenig weit, was tut er, er gießt die Bibliothek oder einen Spätexpressionisten.

CARLCHEN Das muß nicht sein.

ALBERT Ich sage damit: im Versagensfalle, und der muß angenommen werden, ist der Schaden größer als der Nutzen bei Nichteintreten des Versagensfalles sein kann. Arbeite nicht weiter, Rudi, bevor wir nicht alle einschlägigen Fragen diskutiert haben.

Ich werde einen Schriftsatz machen, der wird dir eine Entschädigung für entgangenes Honorar einbringen, für den abgelehnten Sauger. Mein Mandant, Herr Rudi Althofer, konnte nach Ihren Zusagen der Ansicht sein ... Wo ist Fräulein Herta, ich werde ihr gleich diktieren ...

KLARA Aber das hätte doch wirklich Zeit, Albert. Wollen wir nicht alle zusammen helfen, die Koffer wären in ein paar Minuten gepackt, Carlchen hat seinen Wagen unten ...

ALBERT Wozu einen Wagen?

KLARA Für den Umzug.

ALBERT Aber Kind, dafür brauche ich doch keinen Wagen. Was ihr hier erlebt, ist doch bloß die erste Phase. Ich ziehe einen Stock tiefer, zu Fräulein Herta. Ihr kennt meine Mutter. Wenn sie sich erst einmal daran gewöhnt hat, daß ich aus der Wohnung bin, kann ich den nächsten Schritt tun.

CARLCHEN Wohin?

ALBERT Ich denke an Teheran.

KLARA Teheran! Albert, oh, das wird herrlich.

CARLCHEN Teheran, Rudi, was sagst du dazu! Teheran, da könnte man bauen.

ALBERT Wie ihr euch denken könnt, verdanke ich den Hinweis auf Teheran meinem Freund Herzog. Nun erschrick doch nicht gleich wieder, Klara, dein Mißtrauen gegen meinen Freund Herzog ist beleidigend.

KLARA Ich habe ihn eben nie gesehen. Verzeih.

ALBERT *Wieder auf der Rückenlehne* Wer hat Herzog schon gesehen. Bei der Geschwindigkeit, heute in Rio, morgen in Erlangen. Aber du wirst ihn sehen, wirst ihm die Hand schütteln. Ich warte noch, bis er kommt, dann breche ich auf. Er kann mir wertvolle Tips geben für Teheran. Ich schätze, daß er in diesem Augenblick schon in London gelandet ist. Natürlich fliegt er da nicht in zehn Minuten schon weiter. Wie ich Herzog kenne, läßt er sich in die Stadt fahren, steigt am Piccadilly aus, dreht den Kopf in der Luft und ruft: was kostet die Welt! Er macht die notwendigen Besuche, hört, was er hören muß, notiert sich, was er vergessen könnte, arbeitet im Flugzeug während der unvermeidlichen Nachtflüge die Berichte für seine Firma aus. Die anderen Passagiere dösen oder beten oder beißen einander ins Ohrläppchen. Das letztere soll ein besonders beliebter Zeitvertreib von Flugpassagieren geworden sein, vor allem in großer Höhe. Herzog schreibt mir, er mache da nicht mit. Gut, er stellt schon mal ein Ohrläppchen zur Verfügung, aber daß er selbst sich hinreißen ließe, so weit, schreibt er, gehe er nicht. Nun gut, heute ist er nicht angekommen, also können wir uns darauf einstellen, noch ein paar Stunden hier zu verbringen.

Placidia ist eingetreten. Sie hat Tee mitgebracht.

PLACIDIA Die wollen wir nutzen. Es ist eine Schande, daß wir unseren Gästen noch nicht einmal Tee angeboten haben. Vor lauter Reisefieber. Sie machen uns doch das Vergnügen und verbringen einen letzten Abend mit uns. Und Klara geht mir ein bißchen zur Hand. Einverstanden?

Klara sieht Albert an.

PLACIDIA Und wie das aussieht hier, diese häßlichen Koffer. Das ist sehr charmant, Rudi, daß Sie mir helfen. Danke, Albert, es geht schon. Herta hat übrigens gerade Besuch, Fräulein Zink ist da und beklagt sich, weil das Horoskop nicht gestimmt hat. Ach laß nur, Albert, den schaff ich schon.

ALBERT Nein; Mutti … der ist zu schwer für dich. Bitte, laß los.

PLACIDIA *glücklich* So ist er! Immer seinen Kopf durchsetzen! Daran muß man sich bei ihm gewöhnen, Klara. Nein, Albert, den Mantel werd ich dir wohl noch in den Schrank hängen dürfen, wozu hast du denn überhaupt eine Mutter! Der schöne Wintermantel. Fühlen Sie mal, Klara. Kamelhaar. So gut wie neu. Ist doch schön, wenn man sowas im Schrank hängen hat. Haben Sie keinen Spaß an sowas? Also ich könnte stundenlang seine Schränke auf- und zumachen und mich an den schönen Sachen freuen. Bitte, hier, fassen Sie mal an, Naturseide, ich begreife gar nicht, daß Sie das anfassen können, ohne es gleich an die Wangen zu drücken. Sie lieben ihn doch?

KLARA Warum haben Sie die Koffer weggeräumt?

PLACIDIA Lieben Sie Albert so wenig, daß Sie sich lieber über Koffer unterhalten?

KLARA Gnädige Frau, ich habe mir gestattet, Sie zu fragen, warum Sie die Koffer weggeräumt haben?

PLACIDIA Und ich habe mir als Mutter gestattet, Sie zu fragen, ob Sie Albert lieben.

KLARA Albert!

ALBERT Kaum steh ich auf, streitet ihr euch. Wenn ihr nicht sofort friedlich seid, leg ich mich wieder hin.

PLACIDIA Sie hat angefangen.

ALBERT Mutti! Der Tee wird kalt.

PLACIDIA Um Gottes willen, Kinder, bitte setzt euch. Noch nie hat bei mir jemand kalten Tee getrunken. Klara, bitte, kommen Sie. Ich verzeihe Ihnen alles. Carlchen, Rudi, machen wir's uns gemütlich. Klara, hat Ihnen Albert schon einmal erzählt, wie das früher war, wenn er sich die Hände wusch, als er noch ein Bub war? Eigentlich ging das, bis du siebzehn, achtzehn warst, Albert, nicht wahr! Rudi, das wird Sie auch interessieren. Also wenn er sich die Hände wusch, ganz egal mit welcher Seife, er kriegte und kriegte keinen Schaum zwischen die Finger. Weißt du noch, Albert? Wir probierten alle Seifen durch. Sobald er sie in die Hände nahm, aus war's, nicht ein Schäumchen. Das gab uns zu denken, deinem Vater und mir.

ALBERT Ich weiß nicht, warum du das jetzt erzählen mußt.

PLACIDIA Ich darf doch nachgießen, Carlchen?

CARLCHEN Mir schmeckt es wieder einmal, ich muß es zugeben.

PLACIDIA Es war direkt unheimlich mit der Seife, damals. Wir machten uns Sorgen.

RUDI Wahrscheinlich zu wenig ... *bricht ab*

ALBERT Zu wenig was!

RUDI Ich bin nicht ganz sicher, Albert.

ALBERT Dann kannst du dich auch nicht dazu äußern, Rudi.

PLACIDIA Der Tee, Albert, schmeckt er dir?

ALBERT So süß und bitter, wie die letzte Tasse Tee, die ich bei dir trinke, schmecken muß, Mutti.

PLACIDIA Ich darf doch nachgießen, Rudi?

RUDI Ich sag nicht nein, gnädige Frau.

PLACIDIA Also mich würde doch noch interessieren, Rudi, was Sie als Naturwissenschaftler dazu sagen.

ALBERT Mutti!

PLACIDIA Ach Albert, heute können wir doch darüber reden, heute schäumt dir doch jede Seife, aber als Mutter habe ich mir damals eben Sorgen gemacht. Klara, Sie haben doch auch mit Chemie zu tun, wie erklären Sie sich das? Die schönsten Seifen, die teuersten Seifen, und trotzdem kein Schäumchen.

Klara springt auf und geht. Eine überdimensionale Tür schlägt zu.

ALBERT Klara! Klara! *steht auf*

PLACIDIA So ist sie. Man fragt sie was, und sie, launisch, unberechenbar, sie springt auf, rennt davon. Carlchen, ich darf doch noch nachgießen?

ALBERT *setzt sich wieder* Mir auch, Mutti. Wenn ihr gestattet, lege ich mich noch einen Augenblick hin.

CARLCHEN Albert!

ALBERT *milde* Ja, Carlchen?

CARLCHEN Albert, das ist gefährlich!

ALBERT Wohltuend ist das, Carlchen. Ach Freunde, wie leicht wird man, wenn man der Schwere gehorcht. Rudi, notier das. Füg in Klammern hinzu: Ein Mensch erträgt siebenmal soviel, wenn er liegt. Ach, Freunde.

III

Es wird nicht ganz hell. Klara kommt. Albert liegt.

KLARA Entschuldige, wenn ich noch einmal aufkreuz.

ALBERT Setz dich.

KLARA Ich will bloß ein bißchen jammern.

ALBERT Du liebst mich. Das ist gegen die Abmachungen.

KLARA Weiß ich.

ALBERT Du willst kein Geld mehr. Keine Geschenke.

KLARA *fröhlich* So ist es.

ALBERT Du ruinierst dich.

KLARA Es macht mir Spaß.

ALBERT Du brauchst Kleider.

KLARA Das ist das einzige.

ALBERT Und Kosmetik-Zeug. Klara, denk, was das kostet.

KLARA Ich pumpe mir, was ich brauche.

ALBERT Dann pump wenigstens mich an.

KLARA Das könnte dir so passen.

ALBERT Du spekulierst. Gibt zu, daß du spekulierst!

KLARA Das geht dich nichts an.

ALBERT Du hoffst, ich heirate dich.

Klara schweigt.

ALBERT Du willst mit nach Teheran.

KLARA Ich weiß, daß du mich nicht mitnimmst.

ALBERT Teheran ist zu arm für dich. In Teheran können sich von hundert Männern vielleicht zwei eine Geliebte leisten – und die haben schon eine. Du mußt wirklich hierbleiben. Heute können sich bei uns mindestens dreißig von hundert eine Geliebte leisten. Vielleicht sogar vierzig. Es gibt natürlich Geizhälse. Dafür leisten sich aber auch wieder solche eine Geliebte, die sich eigentlich gar keine leisten könnten. So gleicht sich das wieder aus. Auf jeden Fall dreißig von hundert oder zwei von hundert, Klara, das ist ein Marktunterschied, das gibst du zu.

KLARA Ich pfeif auf den Markt.

ALBERT Du rechnest mit mir.

KLARA Nein, ich spekuliere.

ALBERT Du wirst pleite machen.

KLARA Meine Sache.

ALBERT Du rechnest damit, daß ich dich brauche.

KLARA Es gibt Frauen, die binden einen an, sagen ihm, er sei eigentlich unmöglich, aber sie nehmen ihn trotzdem. Das tu ich nicht. Ich bewundere dich. Ich verehre dich. Und bin auch noch so dämlich und geb es zu.

ALBERT Andererseits hör ich das nicht ungern, daß du mich bewunderst, das merkst du auch.

KLARA Es hängt dir zum Hals heraus.

ALBERT Nein. Könnte ich eigentlich nicht sagen. Komm Klara, jetzt rauchen wir eine Zigarette – und du bewunderst mich. Aber du mußt näher kommen. Ich möchte deine Bewunderung auf der Haut spüren. Bloß eine Bedingung: kein Wort über die Gründe.

KLARA Ich pfeife auf Gründe.

ALBERT Wunderbar, Klara. Reine Bewunderung oder gar nichts. Einverstanden?

KLARA Einverstanden. Obwohl ich ja eigentlich was von dir verlangen sollte.

ALBERT Nein, das wäre ganz falsch. Ich bin der Egoist. Du die Heilige.

KLARA Du machst es dir einfach.

ALBERT Wie kompliziert es ist, ein Egoist zu sein, das weiß nur ich. Ein Egoist, Klara, ist das dankbarste Wesen, das es überhaupt gibt.

KLARA Dann bin ich auch ein Egoist.

ALBERT Keine Spur.

KLARA Komm, wir hauen ab.

ALBERT Wie meinst du das?

KLARA Wir machen uns auf und davon.

ALBERT Wir schlagen uns in die Büsche.

KLARA Oh ja, Albert, komm.

ALBERT Wir räumen das Feld.

KLARA Nein, das mit den Büschen ist besser.

ALBERT Moment, vielleicht gibt es noch eine bessere Wendung. Wir empfehlen uns ...

KLARA Nein, das nicht.

ALBERT Wir verschwinden ...

KLARA Schon besser.

ALBERT Wir fliehen.

KLARA Ja, das ist es.

ALBERT Aber vor wem?

KLARA Vor deiner Mutter natürlich.

ALBERT Klara!

KLARA Ich hab eine Wut auf sie.

ALBERT Kind, das muß nun mal so sein.

KLARA Wenn ich sie sehe, möcht ich immer, ich hätte Medizin studiert.

ALBERT Ja, meine Mutter hat einen guten Einfluß, das kenn ich.

KLARA Ich würd ihr ins Gesicht sagen, daß sie Krebs hat.

ALBERT Und was würde sie sagen?

KLARA Ich darf doch nachgießen, Klara.

ALBERT Was willst du darauf noch sagen!

KLARA Danke, gnädige Frau. Darf ich Ihnen noch was Gift in den Tee tun?

ALBERT Aber gern, Klara. Gift von Ihnen bekommt mir so.

KLARA Ich hau ab, Albert. Ich schaff es nicht.

ALBERT Nicht jetzt nervös werden.

KLARA In dieser Luft bist du überlegen. Das ist dein ganzer Trick. Ich glaub dir kein Wort.

ALBERT Wunderbar, Klara.

KLARA Jongleur!

ALBERT Liebling!

KLARA Kunstradfahrer!

ALBERT Mein Mundstück!

KLARA Trapezkünstler!

ALBERT Mein Honigbrot!

KLARA Clown!

ALBERT Mein Pfeil und Bogen.

KLARA Oberclown!

ALBERT Meine Sackgasse!

KLARA Du... Du... Wellensittich. *Sie gibt auf. Landet auf dem Sofa.*

ALBERT Meine abgestürzte Oppositionskünstlerin. Sobald du dich ein bißchen erholt hast, solltest du wirklich mit der Bewunderung beginnen. Wenn du bewunderst, wächst du über dich hinaus, Klara. Weißt du das? Wenn du mich bewunderst, bist du schön, Klara. Unendlich schön.

KLARA Gleich, Albert.

ALBERT Aber Klara, wir haben doch Zeit.

KLARA Du.

IV

Albert auf dem Sofa. Placidia, Herta, Gerda, Berta.

HERTA Placidia?

PLACIDIA Du, Herta? Ach, ist es schon soweit. Du hast dir einen Schlüssel verschafft. Nur weiter so. Und gleich eine Schwester mitgebracht. Nur weiter so.

HERTA Es war offen, wirklich Placidia! Das würd ich mir nicht herausnehmen, einfach mir nichts dir nichts einzudringen. Berta, bezeugt mir das! Zum ersten Mal seit fünf Wochen war die Tür offen.

BERTA Placidia wird nachlässig, hat sie gesagt.

HERTA Hab ich gesagt.

PLACIDIA Aber ihr habt doch sicher noch eine Schwester mitgebracht.

HERTA Gerda, Frau Conradi möchte dich unbedingt sehen. Komm doch. Gerda, komm, du kannst Frau Conradi diesen Wunsch nicht abschlagen.

GERDA Placidia wird nachlässig, wirklich, das hat sie gesagt.

PLACIDIA Ich habe euch längst bemerkt. Ich bin sicher, daß hinter mir noch so 'ne Schwester steht. Nur weiter so!

HERTA Sie ist sehr empfindlich, merkt ihr das?

PLACIDIA Eine kriecht wahrscheinlich schon im Schrank herum, stiehlt Alberts Kleider. Euch ist die Geduld ausgegangen, jetzt wollt ihr die Koffer mit Gewalt holen, ja, ist es soweit?

HERTA Das nimmst du bitte zurück, das mit der Gewalt.

PLACIDIA Herta, ich begreife dich nicht. Früher warst du wenigstens noch fair.

HERTA Deshalb habe ich mich doch so gut mit deinem Mann verstanden!

PLACIDIA Jetzt fängst du schon wieder an, Herta.

HERTA Frag ihn, bitte, frag ihn.

PLACIDIA Er schläft.

HERTA Ach, er schläft. Berta, Gerda, habt ihr gehört, er schläft. Immerzu schläft er. So läßt sie uns abblitzen.

PLACIDIA Bitte, ihr seid zu dritt oder auch zu fünft, bitte, was zögert ihr noch.

HERTA Jetzt will sie uns zur Gewaltanwendung reizen, dann ruft sie Albert zu Hilfe... seht nur, wie lieb er schläft... daß Albert schläft, das sieht man... aber daß ihr Mann schläft, sieht man nicht. Nein, Placidia, Gewalt liegt uns nicht... das würde uns Albert übelnehmen, er ist so zart.

BERTA Ach, wie er da liegt.

GERDA Ob er träumt?

BERTA Wenn man das wüßte.

GERDA Man müßte ihm den Puls fühlen.

BERTA Das gestattet sie uns niemals.

GERDA Dabei wäre es so einfach. Seine Hand hängt so günstig.

PLACIDIA Untersteht euch!

HERTA Schau, Placidia, wie er da liegt und schläft, er denkt nicht an den Winter. Du offenbar auch nicht. Andererseits wissen wir nicht Bescheid. Deshalb haben wir die Wolle gleich mitgebracht. Berta, Gerda, zeigt der gnädigen Frau die Wolle. Wenn du deinen Sohn liebst, wirst du uns sagen, welche Farbe er vorzieht: Blau oder Grün. Rot und Gelb, nahmen wir an, kommt gar nicht in Frage.

PLACIDIA Albert hat drei Pullover.

HERTA Pullover! Hört ihr, sie meint, wir stricken ihm einen Pullover.

BERTA Welche Phantasielosigkeit. Sie sieht Wolle und denkt: Pullover. So sind die verheirateten Frauen.

GERDA Dabei muß es gar kein Pullover werden.

PLACIDIA Was habt ihr vor?

HERTA Wir wollen ihm was Hübsches stricken, das ist alles.

PLACIDIA Was wollt ihr ihm stricken?

HERTA Mein Gott, es soll eine Überraschung werden. Wir kommen lediglich wegen der Farbe.

PLACIDIA Grün.

HERTA Vielen Dank, Placidia, jetzt weiß ich wenigstens, daß wir Blau nehmen müssen.

PLACIDIA Genau das wollte ich.

HERTA Also Grün. Gehen wir. *Nähert sich der entgegengesetzten Türe.*

PLACIDIA Dort hinaus!

HERTA Man wird doch endlich einmal einen Krankenbesuch machen dürfen.

PLACIDIA Mein Mann schläft.

HERTA Seit sieben Wochen. Das muß ein Schlaf sein.

PLACIDIA Das ärgert dich, ich weiß.

HERTA Wenigstens anschauen wird man ihn dürfen.

PLACIDIA Ich bin seine Frau.

HERTA Der arme Hartmut, wenn er dich hören könnte! Er war immer für Genauigkeit. Ich glaube, das hat ihm an mir gefallen, daß ich einen Sinn habe für Genauigkeit. Sollte mir je etwas zustoßen, hat er gesagt, laß Placidia nicht an meine Papiere, nimm sie an dich, tipp alles ab und sieh zu, was du damit machen kannst.

PLACIDIA Daß du dich nicht schämst, einen Kranken zu verleumden.

HERTA Jetzt könnte ich sagen: frag' ihn doch selbst. Aber du kannst ihn ja gar nicht mehr fragen. Das ist das schlimme. Mein armer Hartmut ist ... ach Gott, es ist entsetzlich ... daß er unter deinen Händen sterben mußte.

PLACIDIA Das nimmst du sofort zurück, Herta.

HERTA Ich weiß, Placidia, du wirst es nicht zugeben, daß du keinen Mann mehr hast. Eine Witwe und ein Fräulein, das ist sozusagen gehupft wie gesprungen. Die Frau Oberst und das Fräulein Herta auf einer Stufe, da sei Gott vor. Und dann hat das einfältige Fräulein auch noch gewisse Andeutungen gemacht, die man nur widerlegen kann, wenn er wieder aufwacht, der liebe Rekonvaleszent, nicht wahr. Ach, es tut mir fast leid, daß ich die Wahrheit gesagt habe. Jetzt stehen wir allein gegeneinander. Wie sollen wir jetzt zurückdenken, liebe Placidia? Sollen wir schwärmen? Weißt du noch, als wir neunzehn waren, als der Herr Leutnant auf uns zutrat? Du kannst es vergessen haben, bei dir ging es ja weiter dann. Aber es war die wichtigste Sekunde in deinem Leben und in meinem auch. Wen wird er auffordern, der Leutnant, der wie ein Gelehrter aussieht. Wir konnten nicht wissen, wen er auffordern wird. Und die Musik spielte schon. Er wußte es selbst nicht. Ich bin ganz sicher, daß er es nicht wußte. Ich sah die Verlegenheit in seinem Gesicht. Soll er dich oder soll er mich auffordern. Ich hatte Angst. Mein Gott, wenn er mich auffordert, was wird Placidia von mir denken. Ich konnte ihn nicht länger ansehen. Also sah ich auf den Boden. So eine Gans war ich. Du warst keine solche Gans. Du weißt nicht, daß es ein öliger schwarzer Parkettboden war, auf dem die schwarzen Lackschuhe ohne Schnürsenkel näher kamen. An den Innenseiten matte Gummiflächen, keilförmige. Die dehnen sich, wenn er die Schuhe auszieht, dachte ich. Ich bin nun einmal eine Pedantin. Du nicht. Schon traten deine weißen Schühchen einen zarten, aber entschlossenen Schritt nach vorn. Ihr habt lange getanzt, dann stelltest du mir Hartmut vor. Kurz bevor er krank wurde, erzählte ich ihm die alte Geschichte einmal. Es hätte alles anders kommen können, meinte er.

Nun gib, bitte, nicht mir die Schuld, ich habe nicht gesagt, ihr sollt zu mir ins Haus ziehn. Es war deine Idee. Hätten wir den Krieg nicht verloren, wärst du heute sicher eine Dame in Berlin. Aber nachdem der Krieg schon verloren war, wolltest du eure Misere wenigstens dazu benutzen, die alte Herta ein bißchen zu demütigen. Und wenn du jetzt glaubst, ich hätte Hartmut verführt, dann tust du mir Unrecht, Placidia. Hartmut, der immer für Genauigkeit war, hat zu mir gesagt: Dich trifft keine Schuld, Herta. Und darum sollten wir einander nicht die Augen auskratzen, Placidia: an seiner Bahre, wenn ich so sagen darf, Placidia, an seinem Grab könnten wir uns für immer versöhnen. Und vor allem: Albert soll nicht darunter leiden. Albert ist dein Sohn, du wirst zugeben, daß ich das nie bestritten habe. Daran könntest du erkennen, daß ich einen Sinn für Tatsachen habe. Andererseits mußt du zugeben, Albert ist seinem Vater so ähnlich, wie wir es uns nur wünschen können. Ach Placidia, ich halte das für ein Glück im Unglück. Laß uns wieder Freundinnen sein wie ganz am Anfang. Hartmut ist tot, es lebe Albert *Pause* Komm ... Placidia ... Schwester.

PLACIDIA Mein Gott, ich muß aufpassen. Das Fräulein ist gefährlich. Um ein Haar, und ich wäre hereingefallen. Zuerst weichmachen, dann reizen, dann zuschlagen und schon hat sie eine Schwester mehr. So erwirbt man sich also Schwestern! Aber nicht mich. Ich habe auch meine Erinnerungen. Kam da nicht all die Jahre regelmäßig wie der Mond ein Fräulein und fragte mich aus: wie das sei mit einem Mann! Und schwitzte vor Ichweißnichtwas. Ich nehme doch an, das Fräulein kam, weil's ein Fräulein war.

Sonst weißt du ja viel mehr als ich, warst immer vorne dran! Mein Gott, wieviel Bücher hast du schon mit ins Bett genommen! Wie einem Mörder zumute ist, hast du sicher gelesen. Was ein Priester in der Todesstunde empfindet, kennst du auswendig. Was der Mount Everest bei Vollmond träumt, ist dir so bekannt wie der Kummer der Auster, wenn sie geöffnet wird, aber wie es mit einem Mann ist, das kann man noch nirgendwo lesen, und wenn du's lesen könntest, möchtest du's erst recht wissen – und noch einmal wissen und noch einmal –, weil du das gar nie genug wissen könntest, während unsereins darüber nicht einmal nachdenken muß. Wirklich, nicht einmal nachdenken. Man weiß es einfach. So wie man weiß, daß man eine Frau ist. Darüber muß man ja auch nicht erst nachdenken. Das heißt: wenn man eine ist.

HERTA Hartmut war doch ein Genie! Du mußt bloß die Unberührte spielen, sagte er, das genügt. Ich hätte nie gedacht, daß das so lange wirken würde. Aber Hartmut sagte immer: solange sie dich für eine alte Jungfer hält, bist du für sie nicht ganz zurechnungsfähig. Ehefrauen, sagte er, halten alte Jungfern für eine Art Krüppel.

PLACIDIA Und wenn ich ihn sofort wecke und ihn frage, ob das ...

HERTA Bitte, tu's, sofort, komm!

PLACIDIA Zurück. Du beweist nur, daß du ihn nicht liebst. Daß er sich über deine schamlose Erfindung aufregen könnte, daß ihm das schaden würde, daran denkst du nicht. Ich werde ihn erst fragen, wenn er wieder gesund ist, denn ich liebe ihn, und deshalb weiß ich, daß du lügst, und weil du lügst, ist es gar nicht nötig, ihn zu fragen. Du bist nun einmal scharf auf was Männliches – und dann denkst du dir solche Schweinereien aus. Aber treibe es nicht zu weit. Wenn du mich dazu zwingst, ihn zu fragen, dann trägst du die Verantwortung. Herta, um seinetwillen, bitte, versprich mir, daß du nicht wieder solche Geschichten erfindest, bevor er nicht gesund ist. Später können wir alles in Ruhe besprechen. Denk doch an seinen Zustand. Ich erzähle dir gern von Männern, wenn du willst. Auch von Berlin. Aber laß Hartmut in Frieden. Warum sollen wir einander quälen. Das schmerzt mich, Herta.

HERTA Ja, wir sind aufeinander angewiesen. Ach, Placidia, ich bin einfach zu … zu weich, ich falle auf alles herein … jetzt glaub ich dir wieder …

PLACIDIA Herta, wir wollen vergessen, was du gesagt hast, ich begreife so gut, daß du solche … solche Vorstellungen hast … Du kannst immer zu mir kommen … wie zu einer Schwester.

HERTA Ich wollte dich nicht verletzen, Placidia.

PLACIDIA Sprechen wir nicht mehr davon, liebe Freundin.

HERTA Wenn du bloß zugeben würdest, daß er tot ist, dann wäre alles in Ordnung, und wir wären bessere Freundinnen als je zuvor. Ich bin bereit.

PLACIDIA Also doch! Nein Fräulein, nein, nein, nein! Du willst dich rächen – und dazu müßte mein Mann tot sein, dann hättest du mich in der Hand! Daraus wird nichts. Mein Mann wird nicht sterben, solang ich ihn brauche!

Albert erwacht, richtet sich auf.

ALBERT Was für ein Lärm. Mutti. Auf dem Bahnhof könnte es nicht schlimmer sein. Der schlimmste Lärm ist wahrscheinlich der auf den Flugplätzen. Ich weiß nicht, ob ich mich je entschließen werde, per Flugzeug zu reisen. Am liebsten mit dem Schiff. Das gleitet so dahin, rauscht, vibriert, man hat das Gefühl, das ganze Meer summt mit – und bitte – vier Koffer sind für den Schiffsreisenden heute kein Problem mehr. Beim Flugzeug sehe ich da Schwierigkeiten. Ach Fräulein Herta, gut daß Sie da sind. Ich bin nämlich gerade dabei, die Liste fertigzustellen. Wissen

Sie, man macht sich auf den Weg, schon neigt man zu Kurzschlußhandlungen. Das Nähzeug, das man nie braucht, ist im Koffer, und die Zahnbürste vergißt man. Ich will ja nicht jeden Tag herauflaufen, Mutti bitte dies, bitte das, ich will meine Mutter schonen, deshalb muß der Umzug vorbereitet werden, als wäre er die große Reise selbst. Der Umzug zu Ihnen hat seine Bedeutung. Er ist die Generalprobe. Der Manöverfall. Wenn wir jetzt schludern, fehlt mir dann das Feuerzeug, das mir in der Vorstadt in Teheran das Leben retten könnte. Begreifen Sie das?

HERTA Ich bin bereit, Albert. Und meine Schwestern auch. Wir warten nur auf Ihr Zeichen, dann holen wir die Koffer.

PLACIDIA Hyänen!

HERTA Albert, nun frage ich Sie, denn ich habe keinen Grund, meiner Bildung zu trauen: kann man in diesem Zusammenhang das Wort Hyänen auf uns schleudern? Darf man das?

ALBERT Zweifellos hätte sie das Ä nicht dermaßen betonen müssen.

HERTA Und in die Länge ziehen!

ALBERT Ganz recht, auch das war eine völlig überflüssige Verschärfung.

HERTA Ihre Mutter wird Sie gegen mich mobilisieren. Aber bitte, Albert, bedenken Sie, daß wir zwei Großmächte sind, Ihre Mutter und ich. Ich kann mir nicht alles gefallen lassen.

ALBERT Es genügt. Danke. Sie können gehen.

HERTA Auf bald, Albert. Ihr Zeichen! Ich bin bereit. Tschü-üs! *In der Ferne* Gerda, Berta … wo seid ihr … wo habt ihr euch versteckt … bitte kommt sofort … es eilt …

PLACIDIA Sie will uns täuschen. Sie bleibt in der Nähe. Hörst du, wie sie sich anschleicht. Albert, wenn du mich jetzt verläßt.

ALBERT Wein' doch nicht schon wieder. Oder doch, weine, es tut gut, dich weinen zu sehen. Dein Kopf wird so klein an mir, wenn du weinst. Sei froh. Jetzt erst bin ich dein Sohn, weil ich zusehen kann, wie du weinst, ohne gleich mitzuheulen. Allmählich kann ich mir vorstellen, daß ich ein Direktor werden kann. Was hältst du davon? Soll ich Direktor werden?

PLACIDIA Du bist ein Mann geworden, Albert. Ich bin stolz auf dich. Aber wenn ein Sohn ein Mann wird und ein Mann ein Direktor, ist dann der Direktor kein Sohn mehr? Das würde mich schmerzen, Albert.

ALBERT Gib mir doch, bitte, ein frisches Hemd, oder nein, laß, ich lebe ja aus dem Koffer. Es ist herrlich, aus dem Koffer zu leben. Ich brauche noch einen Koffer für die schmutzige Wäsche. Nehmen wir an, diese Pappschachtel ist der fünfte Koffer.

PLACIDIA Aber Albert, Moment, hier... paß auf: da ist dein fünfter Koffer und hier dein sechster. Ich wußte doch, daß für einen Reisenden wie dich vier Koffer nicht ausreichen.

ALBERT Ach Mutti! Was tu ich, wenn ich dich nicht mehr habe? Sechs Koffer habe ich jetzt. Es ist eine Pracht, sechs Koffer zu haben. Ich komme mir vor wie auf den Azoren mit meinen sechs Koffern. Bloß das Umsteigen wird schwierig sein. Meinst du, ich muß oft umsteigen?

PLACIDIA Es gibt durchgehende Züge.

ALBERT Richtig. Durchgehende Züge, das ist es. Also der fünfte Koffer wäre für die schmutzige Wäsche. Der sechste auch. Oder der fünfte für die halbschmutzige. Das gibt es. Hemden, mit denen man byzantinische Gewölbe noch besuchen kann, Cocktailparties aber schon nicht mehr. Und der sechste für Wäsche, deren man sich unter allen Umständen schämen muß. Es wäre mir peinlich, wenn das Hotelpersonal meine schmutzige Wäsche sähe. Man begegnet dem Zimmermädchen auf dem Gang, dann denkt sie nicht: is das 'n schicker Europäer, nein, an ihrem Lächeln siehst du, daß sie an deine Unterhose denkt, die sie mit zwei Fingern hochhielt und ihrer Kollegin zeigte. Du möchtest doch auch nicht, Mutti, daß mir sowas passiert?

PLACIDIA Hundert solche Peinlichkeiten können einem in der Fremde täglich passieren.

ALBERT Nicht, wenn man sich vorbereitet, wie ich es tue! Am schönsten stell ich mir den Eintritt in die Hotelhalle vor. Das Personal ist noch unvoreingenommen, man hat weder den Boy noch den Portier enttäuscht, wir erwarten viel voneinander, deshalb strengen wir uns an. Ich sehe alles schon vor mir, Mutti. Manchmal fürchte ich, ich könnte enttäuscht werden. Ein Hemd aus dem Koffer ist natürlich nicht mehr so makellos wie ein Hemd aus dem Schrank. Aber ich finde, das hat auch einen Reiz. Findest du nicht, daß man fast wie ein Abenteurer aussieht, wenn der Kragen ein klein wenig verbeult ist?

PLACIDIA Bevor du mich verläßt, mußt du mir noch einmal helfen. Das letzte Mal.

ALBERT Das ist doch gar keine Frage. Du kannst von mir verlangen, was du willst.

PLACIDIA Leise, Albert, viel leiser. Herta hat ihre Schwestern rundum postiert.

ALBERT Es geht gegen Herta?

PLACIDIA Komm, Albert, komm ganz zu mir. Was ich dir jetzt sage, darf vorerst kein Mensch erfahren. Versprichst du mir das?

ALBERT Aber ja, Mutti.

PLACIDIA Auch Klara nicht.

ALBERT Du wirst unerträglich feierlich.

PLACIDIA Papa ist tot.

ALBERT Ach, tot ist er. Darum läßt er mich in Ruhe. Ich wunderte mich schon die ganze Zeit.

PLACIDIA Niemand weiß es, Albert. Vertrau mir, noch ein letztes Mal, vertrau deiner Mutter. Ich weiß, warum ich ihn nicht ausliefere. Dein Vater würde mir recht geben. Das weiß ich. Das gibt mir die Kraft. Ein Toter kann sich nicht mehr wehren. Jeder fällt über ihn her. Beschmutzt ihn. Davor will ich deinen Vater bewahren. Ich habe ihn einbalsamiert. Willst du ihn sehen? Er liegt wie im Schlaf. Ich habe ihn in die Mansarde geschafft, da ist es sehr trocken. Aber Herta und ihre Schwestern sind mißtrauisch. Du weißt ja, wie sie sich in alles einmischen. Sie haben einen Verdacht. Sie glauben, Vater sei tot. Und schon fallen sie über ihn her. Begreifst du jetzt, warum er nicht tot sein darf?

ALBERT Nicht ganz, Mutti.

PLACIDIA Ich muß ihnen die Mäuler stopfen, begreifst du!

ALBERT Nicht ganz, Mutti.

PLACIDIA Solange Vater lebt, kann er sich wehren.

ALBERT Aber er lebt doch nicht mehr, sagst du.

PLACIDIA Eben, das ist es ja. Darum müssen wir ihn am Leben halten. Du hattest deine Schwierigkeiten mit ihm, aber daran darfst du jetzt nicht denken. Du könntest mir helfen. Doch, Albert. Schau, wenn du jetzt zum Bespiel in unser Schlafzimmer gehst und nach mir rufst, als wärst du Papa. Du hast die gleiche Stimme. Du weißt, wie er sprach. Würdest du das für mich tun? Nur einmal, das würde Herta und ihre Schwestern für Wochen einschüchtern. Willst du?

ALBERT Mhm. Eigentlich eine reizvolle Aufgabe. Aber was soll ich rufen?

PLACIDIA Daß du Durst hast. Daß es dir zu warm ist oder zu kalt, daß du ... irgendwas Mißmutiges, du weißt doch, wie er war in der letzten Zeit.

ALBERT Jaa. Schön. Aber eine Bedingung, Mutti! Du lieferst mir sein Tagebuch aus, seine Karteikästen, seine sämtlichen Papiere?

PLACIDIA Aber ja, Albert. Was er hinterlassen hat, gehört dir.

ALBERT Gut. Ausgezeichnet. Die Welt wird die Wahrheit über Gravlitschuwo erfahren. Von mir.

PLACIDIA Leise, leise, Albert. Zuerst mußt du laut sagen, daß du dich wieder aufs Sofa legst, als Albert. Verstehst du.

ALBERT Ja, ja. Moment. *Laut, etwas steif* Mutti, ich bin müde. Wenn du gestattest, schlaf ich noch ein bißchen.

PLACIDIA *ebenfalls unbeholfen* Albert, bitte tu das. Du weißt, wie gern ich dich schlafen sehe.

ALBERT *schleicht sich fort, fern* Placidia!

PLACIDIA Ja.... Hartmut, bist du aufgewacht?

ALBERT *böse* Nein, ich spreche im Traum mit dir!

PLACIDIA Wie geht es dir?

ALBERT Du hockst bei deinem Sohn, dem Faulpelz, und mich läßt du verdursten?

PLACIDIA Aber nein, Hartmut, sofort bring ich dir was. Ich bin schon da.

ALBERT Typisch, Placidia, ganz typisch. Bin schon da! Das ist keine Übertreibung mehr, das ist schon Lüge, nein, noch schlimmer, das ist objektiv falsch. Kein Mensch kann gleichzeitig dort und hier sein. Höchstens mein Sohn. Der bringt es fertig, nirgends zu sein.

PLACIDIA Dir scheint es heute aber sehr gut zu gehen!

ALBERT Bring mir gleich die Kartei mit, hörst du, und dann keine Störung mehr, ich muß arbeiten. Keine Störung, hörst du! *Kommt zurück* Mutti, frage Vater mal, ob er auch weniger laut schreien kann. Ich bin kein Soldat. Bei solchem Geschrei kann ich nicht schlafen.

PLACIDIA Nun schreit nur alle auf mich ein, ich bin ja bloß eine Frau! *Leise bei Albert* Danke... Hartm... bald hätte ich Hartmut gesagt. Ich danke dir, Albert, du warst großartig!

ALBERT War mir ein Vergnügen, Mutti.

PLACIDIA Ein Vergnügen war es dir, ach Albert, mein Albert, dann schaffen wir's, wenn es dir ein Vergnügen war, Albert, dann wirst du es noch einmal tun, ja?

ALBERT Mit Vergnügen, Mutti, den Text des Alten kann ich im Schlaf. *Imitiert* Mein Sohn, der Faulpelz, liegt er immer noch herum? Hätte mich, bei Gott, nie für einen großen Mann gehalten, aber wer einen solchen Taugenichts zum Sohn hat, das muß ja ein großer Mann sein, ha, ha, ha, ha.

PLACIDIA Bravo, Albert, bravo. Bitte, Herta, jetzt komm und behaupte noch einmal, mein Mann sei tot! Hartmut lebt. Er lebt. Er wird uns alle überleben.

V

Rudi und Carlchen kriechen auf einer riesigen Planskizze herum. Herta packt. Klara hilft ihr dabei.

ALBERT *in der Ferne, mit der Stimme seines Vaters* Zuerst schick mir eine Postkarte aus Teheran. Vorher glaub ich dir kein Wort.

PLACIDIA *fern* Mir wäre es lieber, Hartmut, wenn ihr euch in Frieden voneinander getrennt hättet. Du hättest Albert zum Beispiel deinen Segen geben können.

ALBERT *fern* ... 'n Fahrplan kann er haben.

CARLCHEN Siehst du, Rudi, so'n herber Abschied. Das hat er davon, daß er'n Vater hat.

Placidia und Albert kommen.

ALBERT Daß sich einer, der im Bett liegt, solche Urteile anmaßt!

KLARA Ein Offizier versagt, sobald er im Bett liegt, das ist bekannt.

ALBERT Fräulein Herta, was sehe ich! Sie packen Socken ein und vergessen auf der Liste zu vermerken, daß Sie die Socken eingepackt haben. Also muß ich alles noch einmal auspacken und überprüfen.

PLACIDIA Das war vorauszusehen. Du darfst dich eben nicht auf jeden Iksbeliebigen verlassen. Das Risiko ist zu groß. Nachher stehst du in Teheran, und plötzlich fehlt dir das Wichtigste.

ALBERT Was ist das Wichtigste in Teheran?

PLACIDIA Das läßt sich jetzt noch gar nicht sagen.

ALBERT Mutti, das wäre aber schlimm.

PLACIDIA Es ist schlimm, Albert.

ALBERT Ich darf mich nicht entmutigen lassen.

PLACIDIA Ich habe dir noch drei Koffer gekauft. Ich dachte, du willst sicher auch Bücher mitnehmen und was Persönliches. Glaub mir, in der Fremde weiß man das zu schätzen, in öden Hotelzimmern, unter gleichgültigen Menschen.

ALBERT Klara, schau! Prachtskoffer sind das. Die halbe Landesbibliothek transportier ich damit. Neun Koffer, meine Freunde! Ich frage: wer außer mir besitzt noch neun Koffer? Und wem dank ich das? Dir, Mutti! Alle reden sie bloß. Steh auf, sagen sie! Leg dich hin, steh auf, leg dich hin! Die einzige, die weiterdenkt, bist du.

HERTA Sogar für Ihren Tod sorgt sie schon! Wären Sie zu mir gezogen, hätten zuerst einmal Erfahrung gesammelt... Aber zu wem red ich! Noch nie unsere Straßenbahn benutzt und jetzt gleich nach Teheran. Die Polizei sollte man verständigen.

PLACIDIA Hörst du, Albert, sie droht!

ALBERT Bitte, drohen Sie nicht, Fräulein Herta.

HERTA Dies ist immer noch mein Haus. Wenn ich will, kann ich auch den Amtsarzt holen. Dann wollen wir einmal sehen.

ALBERT Ich sollte mich impfen lassen. Da hat sie recht, Mama!

KLARA Wie ist das jetzt, nimmst du mich mit?

ALBERT Mutti, sie fragt, ob ich sie mitnehme. Haben wir daran gedacht?

KLARA Ich will es von dir wissen. Nimmst du mich mit nach Teheran?

ALBERT Nun laß doch mal Teheran aus dem Spiel. Ich habe zur rechten Zeit gesagt, ich lasse mich nicht auf Teheran festlegen. Meine Überlegung ist die: dort, wo ich ankommen werde, funktionierte bisher alles ganz gut ohne mich, also bin ich dort, wo ich ankommen werde, nicht unbedingt nötig, also auch nicht besonders erwünscht. Daraus ergibt sich, daß zwei doppelt so unerwünscht sein müssen wie einer.

CARLCHEN Das heißt: uns nimmst du auch nicht mit nach Teheran.

ALBERT Jetzt hört mir doch auf mit Teheran. Auch Freund Herzog warnt mich vor Teheran. Der Schah, sagt Herzog, garantiert zwar dafür, daß es noch eine Zeitlang so weitergeht. Aber ewig, sagt Herzog, ewig kann das auch in Teheran nicht so weitergehn. Ich versteh das so: morgen kann Schluß sein in Teheran. Also fahr ich doch gleich nach Princeton oder Miami. Oder auch Afrika. Das ist nicht so feucht wie Asien. Ja, ich mach mir einen Namen in Afrika, das wird das beste sein.

CARLCHEN Das kannst du auch hier. Wirklich, Albert, es gelingt öfter als man glaubt. Sogar mit einer GmbH.

KLARA Gib zu, du willst mich loswerden, darum gehst du.

ALBERT Klara, bitte, fühl meinen Puls, bevor du mich beleidigst.

KLARA Du bist eben doch keine Ausnahme. Ich glaubte, du seist ein Mann, mit dem es keinen Reinfall gibt.

ALBERT Du denkst an dich, Klara.

KLARA Ich habe dich verwöhnt. Erinnere dich! Was für ein Durcheinander warst du.

ALBERT Glücklich wie ein Ameisenhaufen im Wald.

KLARA Dein Körper, eine einzige Konfusion.

ALBERT Souverän wie ein Wegweiser, der nicht von der Stelle muß.

PLACIDIA Albert, du bist ein erwachsener Mann. Laß dir nichts einreden.

ALBERT Ein schönes Wort, Mutti. Es kam zur rechten Zeit. Ich habe das Gefühl, man springt mit mir um. Steh auf, hieß es, ich steh auf, weil ich meinen Freunden gehorchen will, verlasse mein Sofa, ein Abschied, den mir niemand nachfühlen kann. Zuerst gratuliert man mir, und jetzt will man meinen Aufbruch wieder sabotieren. Nur meine Mutter begreift alles, sie ändert sich mit mir. Klara dagegen denkt an sich. Nur an sich. Ich kann sie nicht hindern. Sie will in meiner

Erinnerung als Egoistin weiterleben. Kann ich sie daran hindern? Nein.

KLARA Singstimme.

CARLCHEN Du ziehst da was auf, Albert, das schmeckt mir nicht.

ALBERT Wem schmeckt schon die Wahrheit, mein Freund.

CARLCHEN Klara, tatsächlich, er singt. Stimmt's Rudi?

RUDI Zumindest 'ne neue Frequenz.

ALBERT Das ist meine Entschlossenheit. Eine Art Muskelschmerz im ganzen Körper. Bitte, laßt mich einen Augenblick zurück auf mein Sofa, und ihr erkennt mich wieder. Ich muß bloß liegen, dann wird alles gleich klar.

PLACIDIA Albert!

KLARA Ja, Albert, leg dich noch einmal hin.

CARLCHEN Bravo, Albert, endlich wirst du vernünftig. Schau, Rudi, das ist der alte Albert.

ALBERT Rudi, bin ich dir so lieber?

RUDI Überhaupt kein Vergleich.

ALBERT Na, Gott sei Dank. War das eine Reise, Kinder, Kinder, ich habe das Gefühl, als sei ich jahrelang fort gewesen. Ich könnte euch Sachen erzählen, aus Afrika, euch würden die Haare zu Berge stehen. Gepäckträger, ruf ich, Gepäckträger, aber alle huschen vorbei, verschwinden in schwarzen Gassen, ich steh auf dem Dünen-Kamm, der Samum überweht mich mit glühendem Sand. Ich sage, da hilft nichts als dein Hab und Gut im Stich zu lassen und in Marseille einen Gewichtheber zu suchen, der dich zwei Jahre trainiert. Ich fand einen Basken. Mütze und Sprache verrieten ihn. Jetzt hast du zwar Muskeln, aber die Gelenkigkeit fehlt, die man braucht, um neun Koffer zu bändigen, neun Koffer, sage ich, die einander hassen, die sich nur einig sind, wenn es gegen mich geht. Da bleibt nichts übrig, als einen Jongleur zu bitten, daß er dich in die Lehre nimmt. Ach, Freunde, in der Zeit hätte ich Flöte gelernt oder Chinesisch. Und im Süden die unbegreiflich milde Beurteilung des Diebstahls. Und andauernd hast du das Gefühl, die unterschätzen, wieviel dir dein Leben wert ist. Welche Unannehmlichkeiten können allein aus solchen Fehlschätzungen entstehen! Es ist wirklich arg mit den jungen Nationen. Wir wissen nicht, was wir tun, aber sie wissen nicht, was tun.

HERTA Schrecklich, Albert. Ach, bleiben Sie wenigstens in Europa.

ALBERT Europa, das ist hier.

HERTA Und eine Etage tiefer.

ALBERT Weiß ich das? Ich bin vorsichtig geworden in der Festlegung der Grenzen Europas. Carlchen glaubt, Europa, das sei das Gelände mit den vielen GmbHs.

CARLCHEN Das Gelände für unsere GmbH.

ALBERT Entschuldige, Carlchen, du bist kein Abenteurer. Ich bin ein Abenteurer. Ein Abenteurer an Ort und Stelle. Wenn eine GmbH ein Sofa wäre oder wenigstens die Wüste, dann wäre ich auch für die GmbH. Aber du mußt zugeben, eine GmbH ist kein Sofa, ist nicht einmal eine Wüste. Deshalb steige ich nicht ein.

CARLCHEN Sondern verfaulst auf deinem Kanapee.

HERTA Amen.

CARLCHEN Auf Wiedersehn, Albert.

RUDI Mach's gut.

ALBERT Ach, jetzt bleibt doch noch.

KLARA Nein, wir gehen. Wir sind jetzt niedergeschlagen. Stimmt's, Rudi?

CARLCHEN Deprimiert sind wir. Komm Rudi. *Sie gehen.*

ALBERT Bitte schaut wenigstens nach dem Abendessen noch einmal rein. Sollte ich abgereist sein, hinterlasse ich Nachricht! Hab ich nicht rührende Freunde, Mama?

PLACIDIA Trotzdem, Albert, es muß sein.

ALBERT Du bist entschlossen?

PLACIDIA Jawohl.

ALBERT Ich muß fahren.

PLACIDIA Seit ich hörte, daß dein Vater es will, will ich es auch. Er weiß, was für dich gut ist. Wir müssen gehorchen.

HERTA Lassen Sie mich doch einmal mit ihm sprechen.

ALBERT Ich glaube, das geht vorerst wirklich nicht, Fräulein Herta.

HERTA Dann hol ich den Amtsarzt.

ALBERT Sie neigen zur Gewalttätigkeit, Fräulein Herta.

HERTA Ich will Klarheit. Und ich werde sie mir verschaffen. Entweder ich darf jetzt mit dem Herrn Oberst sprechen, oder ...

ALBERT Oder?

HERTA Ich hole den Amtsarzt. *Ab.*

PLACIDIA Die Hyänen. Sie sammeln sich.

ALBERT Soll ich bleiben?

PLACIDIA Nein, nein, um Gottes willen. Kein Opfer! Ich bin eine alte Frau. Wegen der paar Jahre. Um dich mach ich mir Sorgen. Nur um dich. Wenn du in den falschen Zug steigst.

ALBERT Dann steig ich wieder aus.

PLACIDIA Mit neun Koffern, einer Aktentasche, einem Mantel, einem Hut.

ALBERT Und zwei, drei Zeitungen.

PLACIDIA Wirst du das schaffen?

ALBERT Ich glaube, es ist besser, nicht daran zu denken.

PLACIDIA Man muß es sich vorstellen.

ALBERT Schrecklich.

PLACIDIA Ich darf nicht daran denken.

ALBERT Du hast noch vier Koffer dazugekauft.

PLACIDIA Sie sind voll. Also hast du sie gebraucht. Das ist es ja, was mich nachdenklich macht.

ALBERT Was?

PLACIDIA Schau, Albert, einerseits hat es sich gezeigt, daß du neun Koffer brauchst. Andererseits ist ein Reisender mit neun Koffern ein Todeskandidat.

ALBERT Es gibt ja Gepäckträger, hilfsbereite Menschen.

PLACIDIA Nein, nein, Albert, bitte nimm das zurück. Wenn ich glauben müßte, du gingst mit solchen Illusionen auf die Reise, dann schlaf ich keine Nacht mehr. Der Mensch, Albert, eine Bestie. Du liest doch auch Zeitungen. Du darfst dich jetzt nicht dumm stellen.

ALBERT Mutti, obwohl ich Historiker bin, bin ich gegen Verallgemeinerungen.

PLACIDIA Siehst du nicht, wie sich Herta und ihre Schwestern schon bereit machen, über mich herzufallen, über den Ruf deines Vaters! Willst du mich im Stich lassen?

ALBERT Aber, Mutti!

PLACIDIA Ich danke dir, Albert.

ALBERT Räum die Koffer weg.

PLACIDIA Ich trag sie nachher auf den Dachboden.

ALBERT Und dann her mit den Papieren. Ich werde die Memoiren schreiben. Seine meine Memoiren. Solche Memoiren hat es noch nicht gegeben. Die Welt wird staunen, Mutti.

PLACIDIA Wir werden es schön haben, Albert. Die Rente bleibt. Du kannst in Ruhe arbeiten.

ALBERT Zieh die Vorhänge zu. Ich darf nicht hinausschauen. Komm, hilf mir, wir schieben den Schrank vors Fenster. Ich begreife das sowieso nicht: Häuser bauen und dann doch wieder Fenster, immer diese Halbheiten. Hat man ein Fenster, dann sieht man natürlich hinaus. Und schon wird man mißtrauisch. Neulich saß auf dem Birnbaum ein Leguan. Ich denke, du kannst deinen Augen nicht mehr trauen. Wie käme ein Leguan in unsere Breiten? Ich nehme das Gewehr, das mir Gott sei Dank immer zur Verfügung steht, lege an, schieße. Was tot auf die Erde plumpst und noch ein paar Äste mit sich reißt, war ein Leguan. Das war natürlich ein Beweis. Nun saß heute morgen auf dem gleichen Baum ein Engel, weißt du, so einer mit zerschundenen, rußigen Flügeln. Sah aus, als hätte er dem gichtkranken Kaminkehrer helfen müssen. Du kannst dir vorstellen, daß ich mißtrauisch war. Aber da es sich um einen Engel handelte, konnte ich nicht gut zum Gewehr greifen. So ist man eben. Man macht Unterschiede. Ich gebe allerdings zu, daß ich seit jenem Leguan nicht mehr gern zum Gewehr greife. Töten, bloß um etwas beweisen zu können, das liegt mir nicht. Also laß ich den Engel sitzen, obwohl er mich beobachtet. Dazu hat er kein Recht. Aber was sollte ich tun? Auf Rufe reagierte er nicht. Jetzt ist er weg. Aber wer garantiert mir dafür, daß auf dem komischen Birnbaum nicht schon morgen früh Bananen wachsen, die im Chor lateinamerikanische Liebeslieder singen? So kommt man durch ein Fenster in allerhand Geschichten hinein, die nicht nötig wären.

PLACIDIA Jetzt steht ja der Schrank da.

ALBERT Wenn ich den Schrank ansehe, werde ich immer an das Fenster denken. Jedes Mal wird mir einfallen, daß ich vor dem Fenster weggelaufen bin. Das wird mich jedes Mal ärgern. Hundertmal am Tag. Der Schrank ist ja nicht zu übersehen. Wenn der Schrank hier steht, werde ich nur noch an das Fenster denken. Mutti, bitte, wir müssen ihn wieder wegschieben, sofort.

PLACIDIA Aber gern, Albert. Wenn dich jemand versteht, bin ich es. *Sie schieben den Schrank weg.*

VI

Carlchen, Rudi, Klara und Herta.

CARLCHEN Die Koffer sind fort.

KLARA Der Schrank ist leer.

HERTA Weit und breit kein Aschenbecher.

CARLCHEN Rudi, jetzt bist du dran.

RUDI Wie meinst du das, Carlchen?

CARLCHEN Du kannst logisch denken. Jetzt muß logisch gedacht werden. Was hältst du für möglich. Was hältst du für unmöglich? Was ist also passiert. Wie stehen wir da?

KLARA Hört doch auf. Der Fall ist klar.

CARLCHEN So kann man sich doch nicht täuschen.

HERTA In einem Menschen, meinen Sie. Oh doch. Oh doch.

KLARA Ich wußte es.

HERTA Dann sind Sie schuld.

KLARA Wer hat ihn denn aufgehetzt! Sie doch. Sie haben angefangen.

HERTA Jetzt werden Sie gewöhnlich. Das überrascht mich nicht einmal. Stellen Sie sich vor, darauf hab ich sogar gewartet.

CARLCHEN Fräulein Herta, wir stehen in Alberts Zimmer, im Zimmer eines Freundes, den wir verloren haben. Respektieren Sie bitte unsere Empfindungen, wenn Sie sie schon nicht teilen können.

KLARA Wirf sie doch raus. Sie geht mir auf die Nerven.

HERTA Dieses Haus gehört mir. Meine Geduld ist zu Ende. Nur wegen Albert habe ich mich beherrscht. Ihm wollte ich es nicht antun.

Gerda, Berta, Anita, Maria, es ist soweit. Wir handeln. *Sie rennt fort.*

KLARA Das Sofa. Ob sie's mir verkauft. *Sie setzt sich und probiert es aus.*

RUDI Wem gehört dieses Feuerzeug?

CARLCHEN Moment! Klara, schau doch, Alberts Feuerzeug.

KLARA *steht auf.* Gib her. Es gehört mir. Er wollte es mir immer schon schenken. Sobald er sich das Rauchen abgewöhnt hätte, sagte er, gehört es mir.

RUDI Und dieser Handschuh?

CARLCHEN Sein Handschuh! Glaubst du wirklich, daß er nur einen Handschuh mitgenommen hat? Und das Feuerzeug!

RUDI Er war ein Pedant.

CARLCHEN Er hat alles so sorgfältig vorbereitet.

KLARA Wollt ihr mich anmachen? Jetzt, wo ich mich mit dem leeren Sofa abgefunden habe. So springt man nicht um mit einer Witwe.

CARLCHEN Aber das Feuerzeug, Klara!

KLARA Er hat sich eben das Rauchen abgewöhnt, bevor er ausriß. Das paßt doch. Neues Leben beginnen und so.

CARLCHEN Und der Handschuh? Was sagt dir der Handschuh?

KLARA Nichts. Ein Handschuh ... gib ihn mal her ... ein Sommerhandschuh, ziemlich neu.

CARLCHEN Ganz neu.

KLARA Den hat er dagelassen, daß wir uns darüber den Kopf zerbrechen.

CARLCHEN Worüber?

KLARA Über die Tatsache, daß er einen Handschuh dagelassen hat.

CARLCHEN Was hat er davon?

KLARA Spürst du es nicht, wenn du diesen Handschuh berührst? Das ist Alberts Art. Seine Zärtlichkeit. Er wollte uns Hoffnung machen. Oh Carlchen, er ist so raffiniert, und er weiß, daß ich auf raffinierte Kerle reinfalle, sonst wär ich längst verheiratet. Aber wenn einer schon heiraten will, bei dem stimmt doch was nicht.

CARLCHEN Du würdest mich nicht heiraten?

KLARA Willst du denn?

CARLCHEN Warum nicht.

KLARA Das sieht dir gleich. Ich habe dich nie überschätzt, wie soll ich dich heiraten.

CARLCHEN Albert hättest du geheiratet. Er hat dich nicht geliebt. Da ist es leicht, der Überlegene zu sein. *Legt sich auf das Sofa. Herta, Berta und Gerda kommen mit dem Amtsarzt.*

HERTA Herr Doktor, hier sind wir.

AMTSARZT Wo sind wir hier?

HERTA In der betreffenden Wohnung.

AMTSARZT Aha.

HERTA Wohnung Conradi.

AMTSARZT Ach ja. Ich rieche nichts.

HERTA Es wird zuviel geraucht hier. Absichtlich.

AMTSARZT Trotzdem. Wie lange soll er schon hier liegen?

HERTA Berta, was schätzt du?

BERTA Fünf Wochen bestimmt.

GERDA Eher sechs.

HERTA Meine Schwester Gerda meint, eher sechs als fünf.

AMTSARZT Aber, meine Damen, das würde ich riechen. Ab der dritten Woche rieche ich jeden.

HERTA Vielleicht hat sie ihn einbalsamiert.

AMTSARZT Das ist eine Kunst, die immer mehr aus der Übung kommt. Es gibt kaum noch Leute, die einen Leichnam anständig zu konservieren verstehen.

HERTA Fragen Sie doch Frau Conradi selbst.

AMTSARZT Ich sehe keinen Grund.

HERTA Die Rente! Sie kann doch nicht die volle Rente beziehen, wenn er tot ist. Das ist glatter Unterschleif.

AMTSARZT Wo ist Frau Conradi?

HERTA Sie versteckt sich natürlich.

AMTSARZT Natürlich.

HERTA Gerda, Berta, ruft, macht Lärm.

GERDA Frau Conradi, hallo, Frau Conradi, der Arzt ist da, hallo, der Arzt ist da, der Arzt ist da!

BERTA Frau Conradi, hallo, Frau Conradi, der Arzt ist da, hallo, der Arzt ist da, der Arzt ist da!

HERTA Frau Conradi, hallo, Frau Conradi, der Arzt ist da, hallo, der Arzt ist da, der Arzt ist da!

Placidia kommt.

HERTA Da ... da ist sie.

AMTSARZT Entschuldigen Sie, gnädige Frau, Sie haben mich rufen lassen?

PLACIDIA Ich?

AMTSARZT Sie nicht? Ach so, nein, Sie nicht. Trotzdem bin ich hier. Man hat mich avisiert. Nicht wahr, Fräulein Herta.

HERTA Begreif bitte, Placidia. Man sorgt sich um deinen Gatten. Wir alle sorgen uns um ihn.

PLACIDIA Was wollen Sie?

HERTA Herr Medizinalrat, die Frage geht an Sie!

AMTSARZT Ach Gott – wissen Sie, es genügt ein Blick durch die Tür. Ihr Mann ist Rentenempfänger, er wird es verstehen, daß wir uns Sorgen machen. Wie gesagt, ein Blick, ein Grußwort, er winkt mit der Hand oder erwidert den Gruß, das würde völlig genügen.

PLACIDIA Und wenn ich mich weigere?

AMTSARZT Das wäre sehr ungeschickt. Wirklich. Man würde Verdacht schöpfen. Ich bin überzeugt, der Staatsanwalt würde es sich nicht nehmen lassen, daraus einen Fall zu machen.

HERTA Habt ihr gehört, jetzt kommt die Sache auf den rechten Weg. Der Staatsanwalt kommt.

ALBERT *Kommt im Schlafmantel seines Vaters, mit Bärtchen.* Placidia! Placidia, bring mir doch mal die Blätter 349 bis 417 der Militärstrafgerichtsordnung. Sie stehen im obersten Fach. So 'ne Krücke ist man nu', kann auf keen Stuhl nich' mehr klettern. Entschuldigen Se schon meine Herrschaften, meine Frau steht gleich wieder zur Verfügung. *Ab.* Tuste mir schnell den Gefallen, Placidia.

PLACIDIA Gleich, Hartmut. Sie entschuldigen mich. *Ab.*

HERTA Das war er, Herr Medizinalrat, der Herr Oberst, wie er leibt und lebt. Berta, hast du ihn gesehen?! Gerda, gut sieht er aus, direkt jünger, was sagen Sie, Herr Medizinalrat, er hat sich erholt, er ist überm Berg, was meinen Sie?

AMTSARZT Der überlebt uns alle, das seh ich sofort.

HERTA Hoffen wir's. Ach, ich möcht es ihm wünschen. Berta, hab ich's nicht immer gesagt: daß aus Albert nichts wird, das drückt ihn. Kaum ist Albert weg, schon blüht er auf.

AMTSARZT Ja, dann darf ich mich wohl, wenn es Ihnen recht ist ...

HERTA Wir begleiten Sie, Berta, Gerda, kommt, wir begleiten den Herrn Medizinalrat, daß ihm nichts zustößt. Kommen Sie, Herr Medizinalrat, hängen Sie ruhig bei mir ein. So. *Sie gehen.*

Carlchen legt sich auf das Sofa. Herta kommt noch einmal zurück.

HERTA Fräulein Klara!

CARLCHEN Klara!

KLARA Ich bin nicht schwerhörig.

HERTA Bitte, nichts für ungut, vorher, verstehen Sie, meine Nerven, es war nicht so gemeint. Glauben Sie mir, ich verstehe Sie, Fräulein Klara. Ich habe das alles auch mitgemacht.

KLARA Schon gut, Fräulein Herta.

HERTA Wenn Sie nachher noch eine Tasse Kaffee mit uns trinken wollten, Fräulein Klara. Meine Schwestern würden sich glücklich schätzen. Wir gehen gegen Abend noch ein bißchen spazieren. Es wird Ihnen guttun, glauben Sie mir.

KLARA Ja, meinen Sie.

HERTA Sicher.

KLARA Also ... vielleicht ... bis nachher.

HERTA Danke, Fräulein Klara. Ich werde es gleich meinen Schwestern sagen. Die werden sich freuen. *Geht.* Ach, werden die sich freuen. Berta, Gerda, sie kommt, nachher gleich, sie kommt zu uns.

KLARA Und ihr?

CARLCHEN Ich bleib auf diesem Sofa liegen, bis du mich liebst.

KLARA Für Carlchen ist gesorgt, Rudi. Was tust du?

RUDI Vielleicht Projekte ...

CARLCHEN Nein, Rudi, da sehe ich Schwierigkeiten. Wirklich, leg dich mal hierher, du wirst staunen, was du siehst. *Rudi legt sich.* Und was siehst du?

RUDI Tatsächlich, von hier aus sieht man Schwierigkeiten.

CARLCHEN Los, auf, sofort, sonst zieh ich dich runter.
Ich muß mir das noch genauer ansehn.
Schiebt mir mal den Schrank vors Fenster. Das Licht stört mich.

KLARA Sollen wir?

RUDI Man kann ihm nicht widersprechen. *Sie rücken den Schrank vors Fenster.*

CARLCHEN Danke.

KLARA Bitte. *Pause.*

RUDI Bitte.

CARLCHEN Nein, so geht es nicht.

KLARA Bitte?

CARLCHEN Jetzt denke ich nur noch daran, daß hinter dem Schrank ein Fenster ist. Andauernd stelle ich mir das helle Fenster vor. Das stört mich. Schiebt den Schrank wieder weg.

RUDI Sollen wir?

KLARA Wir müssen, Rudi. *Sie schieben den Schrank weg.*

RUDI *während sie sich abmühen.* Der ist fein raus auf sei'm Sofa.

KLARA Wir hetzen uns ab.

RUDI Und der dirigiert bloß.

KLARA Während wir uns abschinden.

RUDI Braucht der bloß befehlen.

KLARA Wir lassen es uns ja gefallen.

RUDI Der liegt einfach auf'm Sofa.

KLARA Während wir nicht auf'm Sofa liegen.

RUDI Liegt der einfach auf'm Sofa. *Sie betrachten ihn.*

CARLCHEN Ach, Freunde. Im Augenblick denk ich lebhaft an Budapest.

Klara geht in der gleichen Richtung ab wie vorher Herta. Sie geht langsam. Rudi beginnt, mit Papier und Bleistift zu arbeiten. Der einfache Mann kommt langsam herein. Hinten wird es allmählich dunkler.

DER EINFACHE MANN

Jetzt seht, wohin Klara geht,
seht, wo Carlchen endet,
und Rudi seht an mit seinem Papier,
und dann bedenkt, was ihr nicht seht:
wie hätte sich alles gewendet,
hätte Albert getan, was hier
zu tun war: Aufstehn und handeln!
Denn er wußte, was nicht recht war,
und blieb doch liegen auf der Lotterstatt
und zog es vor, sich in den Vater zu verwandeln.

So ist er nichts als sonderbar.
Ein Mensch, der sich verweigert hat.
Und warum hat er die Menschen seiner selbst beraubt?
Er hat nicht an den Menschen,
und weil er konsequent war,
auch nicht an sich geglaubt.
Der überfeine Herr kommt sehr rasch.

DER ÜBERFEINE HERR Glücklicher Albert, meine Damen und Herrn, glücklich, wer auf dem Sofa hinabtreibt hinter den Horizont, den Sonnenuhren ein Schnippchen schlägt und den Kirchturmuhren und den Präzisionsuhren, wer sich so auflöst über Nacht, daß ihn kein Polizist mehr findet und der Gärtner nicht, der am Morgen kommt und dienstbare Blumen schneiden will für Hochzeit und Beerdigung. Den Frauen, den Polizisten und Gärtnern, allen Uhrenstellern und Benutzern so zu entgehen, das Schicksal abstreifen wie Albert es abgestreift hat, meine Damen und Herrn, das gelingt sonst nur Göttern. Insofern ist Albert ein Problem. Er hat sich aufgeschwungen, ohne wieder zu landen. Der und jener hat ihn verloren. Er sich auch. Trösten wir den und jenen. Aber beneiden wir Albert.

Albert weiß, es ist um keinen schade. Sonst demonstriert das jeder am andern. Albert zeigt es an sich selbst. Woher hatte Albert soviel Kraft? fragen jetzt die Stehaufmänner und Gewichtheber der öffentlichen Gesundheit. Woher hat er soviel Kraft?

DER EINFACHE MANN *drohend laut.*
Er hat nicht an die Menschen,
und weil er konsequent war,
auch nicht an sich geglaubt.
Der überfeine Herr stürzt zum einfachen Mann, schüttelt dem begeistert die Hände.

BEIDE ZUSAMMEN *strafend, der einfache Mann; sehr fröhlich, der überfeine Herr.*
Er hat nicht an die Menschen,
und weil er konsequent war,
auch nicht an sich geglaubt.

DER EINFACHE MANN *wütend.* Er war ein Deserteur!

DER ÜBERFEINE HERR *glücklich lächelnd zum einfachen Mann, noch einmal dessen Hände schüttelnd.* Ich danke Ihnen, ich danke Ihnen sehr.

DER EINFACHE MANN *noch wütender.* Ein Deserteur!

DER ÜBERFEINE HERR *noch freundlicher.* Ich danke Ihnen, ich danke Ihnen sehr.

Es wird plötzlich dunkel.

Martin Walser
Das Sofa
Eine Farce, 1961
Suhrkamp Verlag Frankfurt am Main 1992
Satz und Druck: MZ-Verlagsdruckerei, Memmingen
Einband: Buchbinderei Lachenmaier, Reutlingen
Printed in Germany